Le choix de Sam

Edward van de Vendel

Le choix de Sam

Traduit du néerlandais par Maurice Lomré

Illustrations de Philip Hopman

l'école des loisirs

11, rue de Sèvres, Paris 6e

ISBN 978-2-211-23409-2

titre de l'édition originale : « De raadsels van Sam »
(Em. Querido's Uitgeverij B. V., Amsterdam)
Loi n° 49.956 du 16 juillet 1949 sur les publications
destinées à la jeunesse : avril 2016
Dépôt légal : mai 2018
Imprimé en France par CPI Firmin Didot
à Mesnil-sur-l'Estrée (141924)
Édition spéciale non commercialisée en librairie

CHAPITRE 1

Un jour, le chien arriva. Comme ça. Tout simplement.

Il se tenait au début de l'allée, les pattes avant sur le gravier et les pattes arrière sur la route.

Kix était couché dans l'herbe. C'était l'été et il lisait un livre amusant, l'histoire d'un cochon qui allait au cinéma. Sa petite sœur Emilia était assise à côté de lui sur une couverture bleue, en train de faire un puzzle.

Kix entendit un reniflement. Un très léger reniflement.

– Hé, fit Kix, qu'est-ce qu'il y a là-bas ?

– Je suis occupée, répondit Emilia.

– Allez, insista Kix.

C'est alors qu'ils le virent : le chien blanc.

Il était grand et doux. On aurait dit qu'il avait peur de s'approcher. Ou qu'il se demandait s'il s'était arrêté à la bonne adresse. Il regarda à gauche, en direction des chevaux, et renifla. Ceux-ci ne levèrent pas la tête, ils étaient occupés à manger le foin qu'ils venaient juste de recevoir. Puis le chien blanc regarda à droite, où se trouvaient Kix et Emilia, et de nouveau il renifla.

– Bonjour le chien, dit la fillette. Viens, approche. Je m'appelle Emilia et lui, c'est Kix.

– Il ne te comprend pas.

– Mais si, fit Emilia, c'est un chien intelligent.

– Ah.

Emilia avait peut-être raison. Le chien ne semblait pas du tout idiot. Mais il y avait autre chose, quelque chose qui échappait à Kix. L'animal ne s'approcha pas, il continua de renifler, le museau en l'air.

Kix se leva et fit quelques pas vers le sentier. Le chien parut effrayé. Il se retourna à demi. Il pouvait désormais s'en aller à tout moment et repartir sur la route.

– Kix, dit Emilia, tu dois faire attention. Je veux un chien blanc, celui-là, je veux qu'il reste.

Kix se retourna vers sa sœur et s'écria :

– Tais-toi !

Il avait peut-être parlé un peu trop fort car, lorsqu'il regarda de nouveau devant lui, le chien blanc avait disparu. Il s'était évanoui.

CHAPITRE 2

– C'était une espèce de chien fantôme, dit Kix.

Le frère et la sœur étaient dans la voiture avec leur mère. Emilia devait aller nager mais, comme ils étaient en avance, ils avaient le temps de passer d'abord au supermarché.

– Oui, un chien fantôme, répéta Kix.

Personne ne lui répondit. Emilia regardait par la fenêtre en rêvant tandis que Maman s'engageait sur le parking.

Quelques instants plus tard, tous trois se retrouvèrent au milieu des rayons. Kix conduisait le caddie et Maman se hâtait dans le magasin pour rassembler les courses. Emilia voulait s'asseoir dans le caddie, mais Kix n'était pas d'accord, car alors il n'arriverait pas à courir en le poussant. Ils se disputèrent un peu, mais cela ne dura pas. Quand ils arrivèrent à la caisse, Emilia dit :

– Ce n'était pas un chien fantôme. C'était un vrai.

– Tu n'en sais rien, dit Kix. Tu ne le sauras jamais. Il venait peut-être d'un monde fantôme où vivent des animaux fantômes. Peut-être avons-nous vu un chien qui n'existe pas. Dans ce monde fantôme, tout est blanc, exactement comme le chien. La lune est blanche, mais aussi les arbres et les bâtiments. Et il n'y a aucun bruit, tout ce qu'on entend, ce sont des halètements. Ou des cris perçants. Oui, des cris perçants, mais seulement quand il fait nuit. Et dans ce monde fantôme peuplé d'animaux fantômes, il fait toujours nuit, et il y a aussi des chauves-souris, blanches bien entendu, et…

– Maman ! s'écria Emilia. Kix m'embête ! Il me fait peur !

Évidemment, Kix ne croyait pas un mot de ce qu'il racontait. Arrivé à la piscine, il oublia tout cela et passa à autre chose. Durant la leçon de natation d'Emilia, il fut autorisé à jouer à la machine à pinces. Il attrapa une petite grue en plastique à assembler soi-même. Bien qu'elle soit super facile à monter, cela l'occupa assez longtemps.

Quand tous trois rentrèrent à la maison, il était de nouveau là, sur la pelouse, près de la route : le grand chien blanc.

CHAPITRE 3

Cette fois, le grand chien blanc s'approcha. Ce n'était donc pas une apparition en provenance d'un monde fantôme. Il existait bel et bien. Maman, Kix et Emilia se tenaient à côté de la voiture et le regardaient.

L'animal fit quelques pas dans l'herbe près de la route. Puis il s'engagea au début de l'allée en gravier.

– Le chien ! s'écria Emilia.

Il s'arrêta. Il les regardait. Sa queue se balançait doucement de gauche à droite.

– Quelle magnifique bête, soupira Maman.

Kix se tourna vers sa mère. Elle aimait les chiens, il le savait, mais il croyait qu'elle préférait les petits aux grands. Maman avait

Holly, qui était vieille et douce. Holly aimait les caresses et elle avait exactement la bonne taille pour s'installer sur les genoux. C'était la petite chienne de Maman depuis très longtemps. C'est pourquoi Papa avait voulu à son tour un chien l'année dernière. Un rien qu'à lui. Maman, Kix et Emilia lui avaient offert pour son anniversaire un chiot femelle plein de vie et de taille moyenne. Il s'appelait Springer et était toujours joyeux. Quand il voyait Papa, il sautait le long de ses jambes et finissait dans ses bras.

Kix aimait Holly et Springer. Mais elles étaient à ses parents. Emilia et lui n'avaient pas de chien. Aucun. Or il y en avait un grand, blanc et magnifique, qui se tenait pour la seconde fois devant eux et les regardait.

D'où venait-il ?

À qui appartenait-il ?

Kix fit quelques pas et remonta le chemin de gravier en direction du chien blanc. Emilia le suivit, mais Maman resta près de la voiture.

Le chien ne quittait pas le garçon des yeux. Il le fixait sans relâche, mais il semblait aussi vouloir enfoncer ses pattes avant plus profondément dans le gravier.

Kix s'arrêta, et Emilia aussi.

– Emil, murmura Kix, moi aussi je voudrais le garder.

– Oui, fit doucement Emilia.

Puis Kix posa un genou en terre. Tout simplement, sans vraiment savoir pourquoi.

– Je voudrais te garder, murmura Kix en s'adressant au grand chien blanc. Je voudrais te garder.

C'est alors que le chien s'avança.

Vers Kix.

Il s'approcha du garçon comme s'il venait juste de décider que c'était possible. Qu'il trouvait bon désormais d'être le chien de Kix et d'Emilia.

CHAPITRE 4

Le grand chien blanc était presque arrivé jusqu'à Kix.

Mais il avançait désormais lentement, très lentement. *Petit peta.* Encore un pas et il serait là.

Il balançait la queue avec de plus en plus de précaution, et aussi de plus en plus bas. Il gardait la tête penchée vers le sol. Seuls ses yeux, recouverts de quelques longs poils, regardaient vers le haut.

– Viens, fit Emilia.

Et Kix ajouta :

– Beau chien, gentil chien.

Le frère et la sœur tendirent les mains.

C'est alors que le chien fit le dernier pas. Il se tenait maintenant à moins d'un mètre d'eux. En s'étirant, les deux enfants réussirent à toucher sa tête du bout de leurs doigts.

Elle était douce.

Très douce.

Ils s'approchèrent encore un peu, jusqu'à toucher sa fourrure, ses oreilles et son museau. Inquiet, le chien surveillait leurs gestes, mais il ne bougea pas. Kix put le caresser, puis Emilia.

Ils aperçurent des rayures de couleur sombre qui couraient depuis son museau jusque sur son front. Ils tâtèrent la magnifique fourrure blanche recouvrant le reste de son corps puissant. Elle pendait et on pouvait voir qu'elle était criblée de nœuds. Ses pattes étaient aussi recouvertes de boue.

Malgré tout, il étincelait. L'éclat de sa fourrure faisait presque mal aux yeux. Elle ressemblait à de la neige sèche et chaude. Kix voulut soudain enfouir son visage dans cet amas de poils.

Il n'en fit rien, non. Ce chien aimait le calme, et Kix se comporta calmement.

– Ce n'est pas un chien fantôme, murmura Kix au bout d'un court instant. J'ai raconté n'importe quoi. C'est un chien féerique.

Emilia se contenta d'acquiescer.

Elle tâta les gros plis de peau et de poils qui pendaient sous la gueule du chien. Elle pouvait y enfoncer complètement la main et le chien aimait ça. Mais, d'un seul coup, il prit peur. Il bondit en arrière.

Les mains de Kix et d'Emilia restèrent suspendues dans le vide. Ils se retournèrent. Maman s'était approchée.

– Oh non, le chien, fit Maman. Tu ne dois pas avoir peur. Allez, viens ici, viens.

Mais le chien s'éloignait déjà. Il retournait en flânant vers la rue.

Kix, Emilia et leur mère regardèrent où il allait. Il traversa la rue.

– Je comprends, dit Maman. Il appartient à monsieur et madame Jones.

Ce fut au tour de Kix d'avoir peur, car ce n'était pas une bonne nouvelle. Absolument pas. Il n'aimait pas monsieur et madame Jones. Ils habitaient dans la ferme en face de celle de la famille de Kix, ils étaient vieux et pas très aimables. Auparavant, ils avaient un serpent. Celui-ci vivait dans un grand terrarium en verre. Un jour, Papa avait obligé Kix à l'accompagner chez les Jones pour faire connaissance. Ils s'étaient retrouvés tous les deux devant l'horrible récipient. Il y avait des souris mortes à l'intérieur, et le serpent se dépliait lentement.

– Faites attention, avait dit monsieur Jones. Si votre petit chien jappeur s'aventure dans ma cour, Rotter n'en fera qu'une bouchée.

Rotter, c'était le serpent. Kix avait trouvé cette blague débile, et Papa aussi.

– Faites attention, avait répondu Papa à monsieur Jones. Si votre serpent s'approche de chez moi, vous le récupérerez coupé en deux.

Ç'avait été cette fois au tour de monsieur Jones de ne pas apprécier la blague, et la visite avait tourné court.

Depuis, Kix n'était plus jamais allé chez les voisins – bien que Rotter le serpent ait été vendu depuis longtemps. C'est madame Jones qui l'avait dit à Maman.

– Il a mangé le chat, avait-elle dit, et Kix ne savait pas si c'était vrai ou pas.

Dire que le chien blanc venait de là !

Tandis que Kix rentrait dans la maison, derrière Maman et Emilia, il eut tout à coup une horrible vision : leur chien féerique prisonnier. Dans le grand terrarium de verre recouvert d'un couvercle.

CHAPITRE 5

Il y avait de la purée de pommes de terre au menu. Kix adorait ça et, quand il aimait ce qu'il mangeait, il n'entendait pas ce qui se disait à table. Il était juste incapable de manger et d'écouter en même temps. De plus, Papa parlait en général des immeubles qu'il construisait, et Kix connaissait le sujet par cœur. Il accompagnait parfois son père au travail. Quant à Maman, elle discutait des leçons de musique qu'elle donnait à l'école, et Kix n'avait pas du tout besoin de l'écouter puisqu'il était dans sa classe.

Mais aujourd'hui, c'était différent. Kix ne prêtait même pas attention à sa purée de pommes de terre. Tout ça à cause du chien blanc. Kix savait que c'était idiot, mais une image le hantait : celle du chien blanc dans le terrarium de verre. Kix chipotait avec la nourriture et sa cuillère bougeait deux fois plus lentement que d'habitude. C'est ainsi qu'il n'entendit que la fin de ce que sa mère disait :

– … vraiment un magnifique animal !

Kix leva les yeux, et Emilia aussi. On parlait du chien ! Qu'est-ce que leur mère avait dit d'autre ?

Papa se mit à rire.

– Non, non, et non ! s'exclama-t-il. Pas de troisième chien ! Nous avons déjà Holly et Springer, sans parler des deux chevaux supplémentaires que nous avons reçus en prêt l'année dernière. Non, non, et non !

– Chéri, répondit Maman, je ne dis absolument pas que…

Elle ne put pas terminer sa phrase, car Emilia marmonna quelque chose. La fillette avait une petite voix très douce, et elle s'adressait plus à son assiette qu'à ses parents, mais ceux-ci connaissaient leur fille. Il lui arrivait parfois de pondre une phrase comme s'il s'agissait d'un œuf. Un œuf très précieux. Et il valait mieux alors être attentif.

– Hum… commença-t-elle en parlant aux petits pois et à la purée de pommes de terre, quel est le plus grand nombre qui existe ?

– Trillion, je crois, répondit Papa. Ou trilliard. Pourquoi poses-tu cette question ?

Emilia leva l'index.

– Papa… Ce chien est différent des trilliards de chiens qui vivent sur terre.

Kix acquiesça. Il trouvait souvent sa sœur pénible, mais pas à cet instant.

– Oh, fit Papa en poussant un léger soupir.

Maman soupira à son tour, tout en riant.

Kix ne réagit pas. Il attendait, car il savait qu'Emilia n'avait pas terminé de parler.

Et il avait raison.

– Ce chien a vécu d'autres choses que les trilliards de chiens qui vivent sur terre, poursuivit Emilia. Nous voulons le garder. Nous savons comment il s'appelle. Tu connais son nom, Papa ? Il s'appelle Sam.

CHAPITRE 6

Ce soir-là, Kix se glissa dans la chambre de sa petite sœur.

« Nous en discuterons demain », avait dit Papa à table, mais Kix avait voulu en parler à ce moment-là, tout de suite.

Kix s'assit par terre, à côté du lit d'Emilia. Il y avait là des coussins sous lesquels il pouvait se cacher si sa mère entrait dans la chambre.

– Le chien s'appelle Sam ? demanda-t-il.

– Oui, répondit Emilia, c'est son nom.

– OK, fit Kix, car c'était un chouette nom.

Sam ressemblait à un vrai Sam.

– Tu avais raison tout à l'heure, chuchota Kix. Sam est différent des autres chiens. Et tu sais quoi ?

– Non, répondit Emilia en se redressant dans son lit.

– C'est un chien triste. Est-ce que tu as vu ses yeux ?

– Oui, fit Emilia, ils sont tristes.

– C'est pourquoi nous devons le garder, Emil. Et prendre soin de lui. Car nous pouvons le faire.

– Oui, fit encore Emilia.

Kix regarda sa sœur qui le regarda à son tour. Ils avaient pris une décision. Un aboiement retentit dehors dans la nuit, suivi d'un autre. Comme pour confirmer que c'était une bonne décision.

Sam les avait entendus.

CHAPITRE 7

Le lendemain matin, Kix et Emilia découvrirent l'endroit où Sam avait passé la nuit.

Leur père avait construit peu de temps auparavant une belle écurie à proximité du pré. L'ancien abri pour les chevaux situé tout près avait été conservé. La porte qui le fermait autrefois avait disparu depuis longtemps. Tout le monde pouvait donc voir ce qui y était entreposé : la première BMW – désormais sans moteur – du père des enfants, le petit tracteur à gazon, la table de tennis de table ainsi que l'ancien canapé de la famille. Celui-ci était recouvert de poussière et de vieux brins de paille. Lorsque Kix examina l'endroit, il vit aussi quelques poils blancs.

– Tu vois, dit-il à Emilia, Sam a dormi ici. Il veut rester avec nous. Viens !

Il se dirigea vers le garage à pas de loup, suivi par sa sœur. Ils prirent un récipient afin de le remplir d'eau pour Sam. Ils chipèrent aussi sans remords quelques croquettes à Springer et à Holly.

– Que faites-vous ? demanda Maman, qui s'occupait de ses fleurs.

– Rien, répondit Kix.

Quand ils déposèrent l'eau et la nourriture près du canapé, ils aperçurent Sam. Il était dans le pré au milieu des chevaux. Des fétus de paille étaient accrochés à son ventre, et il se déplaçait tranquillement entre les jambes de Jill, Study et Patriot. Il ne craignait manifestement ni les coups de sabot ni les morsures.

– Sam ! Sam ! crièrent Kix et Emilia.

Le chien leva les yeux.

Sam était donc un bon nom. Sinon, il n'aurait pas réagi en l'entendant.

Les enfants montrèrent le récipient rempli d'eau et soulevèrent celui avec les croquettes, mais Sam demeura là où il était. Peut-être n'avait-il pas soif? Peut-être préférait-il rester encore un moment avec Jill, Study et Patriot?

Soudain, tous les chevaux tournèrent la tête. Sam les imita, il regardait en direction de la maison. Kix et Emilia aperçurent à leur tour quelque chose qui arrivait en courant. Springer s'était échappée!

– Non, Springer! Reviens! Reviens! criait Maman.

Springer devait encore apprendre à ne pas quitter le pré, c'est pourquoi elle restait le plus souvent à l'intérieur. Elle pouvait sortir seulement si quelqu'un la tenait en laisse.

Mais, pour l'instant, elle s'ébrouait libre et joyeuse dans la cour. Elle se précipita à toute vitesse vers la prairie des chevaux, se glissa sous le fil de fer de la clôture, prit son élan et bondit sur le dos de Sam.

– NON ! s'exclama Kix. ARRÊTE, Springer !

Kix et Emilia sortirent de l'abri pour les chevaux en courant. Leur mère s'élança à son tour.

– Springer ! Springer !

La jeune chienne voulait jouer. Elle mordillait le cou de Sam. Elle dégringola de son dos, tourna autour de lui, renifla son derrière et agita ses pattes avant dans le vide afin d'attraper ses oreilles.

– Springer ! criaient-ils tous les trois. Springer !

Mais Sam ne semblait pas dérangé.

Il restait tranquillement debout. Les enfants et leur mère virent alors une chose difficile à croire, mais pourtant vraie : Sam riait calmement des bêtises du jeune chien. Et il immobilisa Springer sur le sol d'une petite tape amicale de la patte.

Kix, Emilia et leur mère s'arrêtèrent un instant pour regarder Sam et Springer jouer.

Au bout de quelques minutes, la vieille Holly les rejoignit soudain. Elle se baladait entre les pattes de Sam et de Springer de la même façon que Sam s'était baladé entre les jambes des chevaux. C'était un spectacle charmant.

Maman passa un bras autour des épaules de ses enfants.

– Regardez, dit-elle, trois chevaux, trois chiens. Et on dirait qu'ils se connaissent depuis toujours.

CHAPITRE 8

Sam continua de venir. Il apparaissait tout simplement. Sans faire de bruit. Kix et Emilia levaient alors les yeux et disaient :

– Tiens, voilà Sam !

C'était à chaque fois une surprise, car le chien était toujours si beau et si blanc, et aussi un peu énigmatique.

Que faisait-il quand il n'était pas chez Kix et Emilia ? Vagabondait-il à travers les champs ? Retournait-il dans sa véritable maison, chez les voisins d'en face ? Et pourquoi ceux-ci n'en avaient-ils rien à faire que Sam ait choisi une autre famille ?

Oui, c'était ainsi. Sam les avait choisis. Kix et Emilia n'avaient plus pleurniché afin de pouvoir le garder, et leur père n'en avait plus parlé non plus. Sam ne portait pas de collier, il décidait lui-même de venir, de partir ou de rester. Mais il voulait de plus en plus souvent être caressé, et il passait la nuit sur le canapé. Kix l'entendait parfois aboyer. Waf! Un aboiement bref et rauque qui traversait la nuit avant de parvenir jusqu'à la chambre du garçon. Kix en était certain : ce n'était pas la famille qui avait décidé de le garder. C'était lui qui avait décidé de garder la famille.

CHAPITRE 9

Sam acceptait désormais que Kix lui caresse le dos et les flancs. Emilia bougeait parfois trop brusquement pour Sam, qui faisait alors un petit pas de côté. Mais Kix était toujours autorisé à laisser courir ses doigts écartés dans le pelage neigeux du chien. Kix adorait l'espèce de petit chemin situé entre les yeux de Sam. Il l'escaladait d'un seul doigt, puis s'enfonçait autour des oreilles, mais aussi en dessous et à côté.

Parfois, Sam grognait. Il voulait être caressé plus longtemps et plus fort. Si Kix arrêtait, le chien le regardait par-dessous le rideau de poils qui recouvrait ses yeux. Continue, semblaient dire ceux-ci. Et si Kix devait malgré tout cesser de lui chuchoter des mots doux et de le dorloter parce qu'on l'appelait, Sam restait encore quelque temps sur place. Un peu plus tard, il secouait la tête avec force. Peut-être espérait-il ainsi remettre tous ses poils en place, peut-être aussi n'arrivait-il pas à croire vraiment que ce moment était fini.

Mais Sam n'aimait pas que les gens se tiennent debout devant lui. Kix et Emilia devaient s'accroupir, et Maman n'était autorisée à le caresser qu'à la condition d'être à la même hauteur que lui, de rester à distance et de tendre la main en disant : « Quel bon chien, oui, quel bon chien. »

Papa n'était pas souvent à la maison. Il construisait un immeuble dans une ville située si loin qu'il devait parfois y loger plusieurs jours. Il ne vit donc pas que, pour les enfants, le chien faisait désormais partie non seulement du décor, mais aussi de leur vie.

CHAPITRE 10

Quelques semaines plus tard, un dimanche, Kix apprit soudain beaucoup de choses sur Sam.

Grand-père était de retour de vacances. Grand-mère et lui étaient partis trois semaines aux États-Unis. Grand-père était le père de Maman, mais il était aussi l'ami de Papa. Il était en train de boire une bière dans la véranda tandis que Grand-mère était à son travail.

Emilia regardait des DVD à l'intérieur. Kix arrosait les fleurs le long de la pelouse. De tous ceux qu'il connaissait, il trouvait qu'il avait le meilleur grand-père. C'est pourquoi il essayait d'écouter tout ce qu'il racontait au sujet des États-Unis. Malheureusement, Kix s'éloignait toujours un peu plus en traînant le tuyau d'arrosage derrière lui et il n'entendit pas la moitié de ce que Grand-père disait. C'est alors que Sam apparut. Il se tenait au bord de la pelouse et regardait le garçon. Par chance, Kix réussit à entendre Grand-père s'exclamer :

– Regardez-moi ça ! Un chien de montagne des Pyrénées.

– Comment ? fit Papa.

– Oui, un Pyrénée. Un vrai chien de race. C'est à toi ? Tu l'as acheté ?

Grand-père connaissait bien les chiens. Il y a peu, il travaillait encore dans une grande ferme qui possédait d'énormes troupeaux de vaches et de chevaux, mais aussi toutes sortes de chiens. Des chiens qui aidaient les hommes dans leur travail.

– Non, répondit Papa, il est arrivé ici il y a peu de temps, mais, manifestement, il est toujours là. Il appartient, en réalité, aux Jones qui habitent en face, mais il ne semble pas s'en souvenir.

Grand-père, qui était de grande taille, se leva. Il se dirigea vers Sam. Le chien fixa Grand-père en reculant lentement.

Emilia était sortie de la maison et elle s'écria :

– Grand-père, tu dois te baisser.

Grand-père s'arrêta et se retourna, étonné.

– Regarde ! s'exclama Kix. Fais comme moi.

Le garçon montra comment il fallait se comporter avec Sam.

– Mon Dieu, les enfants, dit Grand-père, mais il s'agenouilla.

Doucement, très doucement, Sam s'avança – peut-être surtout parce que Kix et Emilia étaient maintenant agenouillés à côté de Grand-père.

– C'est vraiment un magnifique spécimen, dit celui-ci en tendant la main. Mais on n'en prend pas soin.

Sam ne bougea pas, Grand-père s'approcha délicatement du chien.

– En mauvais état, continua Grand-père, et beaucoup trop soumis.

En mauvais état ? Kix réfléchit à ce qu'il voulait dire par là.

Quelques instants plus tard, Sam commença à avoir confiance en cet homme étrange aux mains puissantes.

– Cet animal est vraiment trop maigre, ajouta Grand-père. Sentez-moi ces os… Il n'a pas dû rigoler.

Kix regarda Grand-père et acquiesça. C'était la vérité. Il l'avait aussi remarqué alors que Sam venait juste d'arriver.

Emilia câlina Sam dans le cou, mais elle était particulièrement silencieuse.

– Grand-père, commença Kix, il ne veut plus nous quitter, car il se sent bien ici. Il peut oublier son chagrin.

– Son chagrin ? dit Grand-père. C'est possible. Ce chien ne comprend pas ce qu'il lui arrive. Toute cette attention l'étonne. Il a été battu, j'en suis sûr. Mais il n'a pas complètement perdu confiance dans les gens. Il a conservé un petit espoir.

CHAPITRE 11

Kix était sans voix. Battu ? Sam avait été battu ? Le garçon eut subitement l'impression de recevoir un coup de poing dans l'estomac. Emilia aussi semblait très triste.

Pourtant, ils n'en avaient pas encore fini avec les mauvaises nouvelles.

Après toute cette discussion au sujet de Sam, Papa voulut soudain se rendre chez les Jones, les voisins d'en face. Afin de parler de Sam. Il voulait partir sans plus attendre.

Cela fit rire Grand-père.

– C'est trop tard, mon garçon. Ce chien a déjà choisi et les bergers des Pyrénées sont têtus comme des mules.

– J'y vais quand même, dit Papa. Tout ça n'a pas de sens, car mes enfants nourrissent le chien de quelqu'un d'autre. J'aurais dû aller voir les Jones plus tôt. Sarah a même déjà acheté un sac de croquettes supplémentaire.

Sarah, c'était Maman.

– Je veux bien t'accompagner, dit Kix, qui trouvait pourtant les voisins horribles.

– Oui ! Moi aussi ! s'exclama Emilia, mais il n'en était pas question.

Le départ de Papa rendit Kix nerveux, car il n'était pas certain que tout se passerait bien.

Après dix minutes, son père était déjà de retour.

– Quels grossiers personnages, gronda-t-il.

Kix et Emilia l'attendaient. Ils se tenaient tous les deux devant la prairie aux chevaux, le plus près possible de la route.

– Pourquoi dis-tu ça ? demanda Kix.

Lui et sa sœur marchaient derrière leur

père, qui rejoignait la véranda. Ils avaient du mal à le suivre. Et Papa ne parlait pas. Du moins, pas à eux.

Il se dirigea vers le fauteuil près de Grand-père et de Maman, s'enfonça dedans avant de soupirer :

– Tu as raison. C'est un chien de berger. Il a gardé un troupeau pendant des années dans l'exploitation de leur fils aîné.

– Ah, fit Grand-père d'un air soudain bizarre. Tu veux parler de Cracker, je suppose ? ajouta-t-il en sifflant entre ses dents.

– Oui, c'est comme ça qu'il s'appelle, répondit Papa. Tu le connais ?

– Bien sûr, dit Grand-père. Un garçon pénible… Oui, pénible… Mais je ne vais pas trop en parler.

– Pourquoi est-il pénible ? demanda Kix.

Emilia et lui étaient bien sûr venus se placer à côté de leur père, car ils ne voulaient rien perdre de ce qui se disait.

– Ah… fit Grand-père.

– Ça n'a pas d'importance, dit Papa. En tout cas, l'entreprise de ce Cracker a soudain capoté. Il y a quelques mois. De mauvais investissements, une gestion hasardeuse, etc. Il a dû se défaire de tous ses moutons en une fois, et aussi de ses chevaux.

– Oh ! s'exclama Kix. C'étaient les moutons de Sam ! Et ses chevaux ! Pas vrai, P'pa ?

– Oui, répondit son père.

– C'est pour ça qu'il est toujours avec Jill, Study et Patriot !

– Vraiment ? demanda Papa. Donc, ce Cracker a perdu la tête pour de bon et il est aujourd'hui enfermé quelque part.

– Mais qu'est-ce qu'il a fait ? demanda Kix. Et où est-il enfermé ? Il est en prison ?

Quelle histoire ! Kix se dressa sur la pointe des pieds tellement il était excité.

– Non, dit Papa, il est dans une espèce d'hôpital. Où on soigne les maladies mentales.

– Et c'est pour ça que Sam est chez les voisins d'en face ? Parce que Cracker est devenu fou ?

– Fou ? répéta Papa. Je ne veux pas entendre ce mot ici.

– Quel idiot je fais, continua-t-il en s'adressant à Maman, je n'aurais pas dû raconter tout ça. Les enfants en font immédiatement une histoire personnelle.

– Sam est triste ! s'écria Emilia. Mais nous sommes ses nouveaux amis ! Et nos chevaux aussi sont ses nouveaux amis !

– Emilia chérie, dit Maman, Sam s'en remettra.

Kix avait écouté Emilia, et aussi Papa. Mais il comprit soudain ce qu'il en était. Il ne faisait pas de cette histoire une affaire personnelle. Il avait simplement découvert la vérité.

– Papa… commença-t-il. Grand-père dit que Sam a été battu. Et c'est ce Cracker qui l'a fait !

– P'pa ! dit Maman en s'adressant à Grand-père. Qu'est-ce que tu as encore raconté à tes petits-enfants ?

– Pas besoin d'être spécialiste pour le voir, Sarah, répondit Grand-père. Ces enfants vivent quand même dans la vraie vie, non ? Ce n'est pas la peine de les protéger de tout.

– Et si ce n'est pas vrai ? demanda Maman.

– Eh bien… fit soudain Grand-père.

– Quoi ?

– On dit que…

– Quoi ? répéta Maman d'une voix impatiente.

– On dit que Cracker, quand il frappait, ne savait plus très bien ce qu'il faisait. Il vociférait et hurlait, et il s'est aussi manifestement… euh… défoulé sur le chien d'une façon ou d'une autre… Enfin, je ne connais pas les détails.

– Moi non plus, dit Papa. En tout cas, ses parents l'ont fait hospitaliser. Et comme ils ne savaient que faire du chien, ils l'ont pris chez eux.

C'était ça, la vérité. Kix sentit de nouveau la pierre dans son ventre, elle était noire et carrée. Sam avait vécu des choses affreuses. Des choses terribles, affreuses et bien réelles.

Kix savait maintenant avec certitude qu'il était prêt à tout pour Sam. Que Sam ne devrait plus jamais retourner chez Cracker, ce bourreau de chiens. Kix regarda Maman. Elle aussi était effrayée. Elle fixait l'herbe, les fleurs. Mais pas du tout pour contrôler si Kix les avait bien arrosées.

– Que va-t-il se passer maintenant ? demanda Grand-père à Papa. Qu'ont-ils dit au sujet de tes enfants et du chien ?

– Hum, grogna Papa. Ce sont des grossiers personnages. Je leur ai dit : «Vous rendez-vous compte que vous êtes responsables de ce chien ? Il n'est pas à nous.» Ce vieillard tout desséché de Jones m'a alors répondu :

«Vous pouvez l'avoir pour six cents dollars. C'est un chien de race.» J'ai répliqué : « Ne sois pas ridicule, Jones. Nous lui donnons à manger depuis trois semaines et je n'ai absolument pas demandé à avoir ce chien ! » À quoi ce malotru m'a répondu : « Je te laisse réfléchir, je vais faner. »

Qu'est-ce que Papa avait dit ?

Kix n'y comprenait plus rien.

Est-ce qu'il avait voulu rendre Sam ou pas ?

Kix s'apprêtait à demander ce que tout cela signifiait quand Grand-père intervint :

– Oh, laisse-les dire. Offre la possibilité à tes enfants de faire quelque chose de bien pour ce chien.

– Facile à dire ! s'exclama Papa. Pas question de payer six cents dollars !

Les yeux de Kix et d'Emilia allèrent de Grand-père à Papa avant de revenir vers Grand-père.

Maman prit soudain la parole :

– Non, chéri, on ne paiera pas cette somme. Mais si Sam veut venir, on ne l'en empêchera pas. On ne lui fermera pas le portail au nez. De toute façon, on n'a pas de portail.

Cette dernière phrase fit rire tout le monde et, à partir de ce moment, l'après-midi sembla retrouver un peu de légèreté. Kix comprit que Sam pouvait désormais venir et rester. Car Papa avait répondu à Maman :

– Bon, on verra.

Il ne ramènerait donc pas Sam.

Mais juste avant que la discussion ne glisse vers autre chose, son père apporta une ultime précision :

– Ah oui, avant que je n'oublie : ce chien ne s'appelle absolument pas Sam. Il s'appelle Nanook.

CHAPITRE 12

Kix était couché dans son lit. Il regardait les autocollants verts collés au plafond de sa chambre, représentant des lunes et des étoiles. Ils brillaient, car il faisait nuit.

Kix avait caressé Sam toute l'après-midi avec Emilia. Ils lui avaient dit qu'il était en sécurité. Qu'ils prendraient toujours soin de lui. Qu'il ne devrait pas retourner chez les voisins d'en face. Ou chez leur fils. Ils avaient évité de prononcer cet horrible nom : Cracker.

Sam était resté assis à les écouter la plupart du temps. Mais il lui arrivait de s'en aller.

– Ce n'est rien, disait Emilia. Il a besoin de faire pipi.

Le plus souvent, Sam n'allait pas faire pipi. Quand il voyait passer quelqu'un à vélo, il se dirigeait vers la route. Puis il aboyait à deux reprises et revenait tranquillement. Ou il allait voir les chevaux. Ou jouer avec Springer. Ou il partait, tout simplement. Au bout d'un quart d'heure, Kix et Emilia le voyaient revenir. Alors ils le caressaient et ils lui juraient pour la centième fois qu'il était en sécurité. Pour toujours. Auprès d'eux.

Couché dans son lit, Kix pensait à Nanook. Pour lui, Nanook n'existait pas. Ce nom pouvait correspondre à un petit toutou de grand-mère tout tondu si on en avait envie. Mais certainement pas à un grand chien blanc digne d'un conte de fées. Comment ce sale type de Cracker avait-il pu lui donner un nom pareil ? Il n'avait donc jamais compris son propre chien ?

Chaque fois qu'on l'avait appelé Nanook, Sam s'était dit : mon nom n'est pas Nanook, mon nom est Sam.

Kix se retournait dans son lit. Il n'arrivait toujours pas à dormir. Car il pensait soudain aux moutons. Quand il était petit, Papa l'avait assis un jour sur le dos d'un mouton. Un petit tour juste pour s'amuser. Mais le mouton n'avait pas compris ce qu'on lui voulait. Il s'était couché. Quand ils étaient rentrés à la maison, Maman avait deviné à l'odeur du pantalon de Kix ce qui s'était passé.

– Il faudra attendre vingt ans avant que cette odeur de mouton ne s'en aille.

Kix trouvait les moutons assez idiots. Il comprenait donc très bien qu'on ait besoin d'un chien intelligent pour les surveiller lorsqu'on rassemblait un grand nombre de ces stupides animaux. Sam était tellement futé. Il avait bien sûr couru joyeusement autour du troupeau de moutons, afin qu'il ne s'éparpille pas. Mais aussi avec fermeté : il avait clairement aboyé de temps en temps, deux fois, trois fois, mais pas plus que nécessaire. Peut-être avait-il mordu à la patte, en guise d'avertissement, un mouton particulièrement stupide qui ne comprenait pas par où il devait aller. Et Sam avait aussi bien entendu surveillé et protégé le troupeau. Contre les loups. Contre les coyotes. Et contre les voleurs de moutons. Si ceux-ci existaient.

Or Kix ne savait pas si les voleurs de moutons existaient.

Quand il bâilla, le garçon vit soudain des petits agneaux devant ses yeux. Ils étaient bien sûr tout mignons. Kix, Emilia et Maman passaient parfois au printemps devant quelques fermes où on élevait des moutons afin d'observer les petits. Kix et Emilia pouvaient les nourrir. Pour attirer les agneaux, on trempe les doigts dans le lait. Les agneaux les sucent et on peut sentir leur langue douce et chaude – tandis que leur petite bouche tète et tète encore, avec pas mal de force d'ailleurs.

Puis surprise : Kix se mit à pleurer. Mais pourquoi ? Il n'aimait pas pleurer. Et il avait quand même déjà neuf ans !

Des grues étaient tout à coup apparues devant ses yeux. Quand une maladie animale se déclarait dans une ferme, il fallait tuer tous les moutons – et aussi les chevaux et les agneaux. Car une telle maladie était contagieuse. Kix l'avait vu à la télévision : des grues retiraient tous les moutons et tous les chevaux morts hors de l'étable. On ne pouvait pas imaginer pire spectacle. Oui, Kix avait vraiment mal au ventre, et il voulut aller trouver sa mère, mais ses parents dormaient. Qu'est-ce qu'il leur dirait s'il les réveillait ?

Kix n'alla pas les trouver, mais il pleura encore. Car il comprit soudain que Sam avait vécu cette situation. Que ses moutons et ses agneaux avaient dû quitter la ferme. Et aussi les chevaux. C'est bien ce qu'avaient dit monsieur et madame Jones ? Que la ferme de Cracker avait été vendue et que tous les animaux avaient dû partir ? C'est pourquoi Sam était un chien triste. Aussi bien sûr à cause des coups de pied que son fou de maître lui avait donnés, mais Sam était un chien de berger sans troupeau. Il n'avait plus ni moutons ni chevaux.

C'était assez logique qu'il aimât désormais Jill et Study et Patriot. Et aussi Emilia et lui. Est-ce que ce fou de Cracker avait également des enfants ? Non. Sinon, ceux-ci seraient aussi à l'heure qu'il est chez les Jones. Car Cracker était à l'hôpital pour soigner sa tête.

Pourquoi Sam les avait-il choisis, lui et Emilia ? Est-ce qu'il les prenait pour ses moutons ?

À cette pensée, Kix rit pendant une seconde au milieu de ses larmes. Il bâilla une seconde fois, et essaya de rester calme. Il ne devait pas se mettre ces pensées en tête. Les moutons avaient peut-être été simplement vendus. Et il n'y avait pas eu de grues.

Kix soupira.

Demain, il ne laisserait rien transparaître de ces pensées devant Emilia. Elle était trop petite pour qu'il lui parle de choses aussi affreuses. Et il demanderait aussi à Maman s'ils pouvaient acheter un os. Pour Sam. Un délicieux os à ronger de l'animalerie.

CHAPITRE 13

Maman et Papa étaient-ils d'accord au sujet de Sam ? Pensaient-ils désormais tous les deux que Sam pouvait rester ? Voilà les questions qu'Emilia posa en mangeant les crêpes du petit déjeuner.

Mais elle ne les posa pas à ses parents, elle les posa à Kix, qui n'en savait pas plus qu'elle. Papa était déjà parti à son travail et Maman chantait à tue-tête sur la musique de cowboy qu'elle mettait toujours quand elle était dans la cuisine.

Kix haussa les épaules. Il regarda Emilia. Est-ce qu'elle l'avait entendu pleurer cette nuit ? Il espérait que non, car il était son grand frère, et les grands frères pleurent le moins possible.

– Tu ne dois pas t'inquiéter. Je suis sûr que Sam pourra rester. Même Papa sera d'accord.

– Tu crois ? fit Emilia, tout heureuse. Vraiment ?

– Vraiment, dit Kix, j'ai surpris leur conversation hier soir. J'étais couché dans mon lit et j'ai entendu Papa le dire.

Ce n'était pas vrai. Mais Kix se comportait à l'instant en véritable grand frère et il était, à ses yeux, inimaginable que Sam ne puisse pas rester.

De plus, lorsque Kix demanda à Maman un peu plus tard d'aller à l'animalerie afin d'acheter un os pour Sam, elle acquiesça sans hésiter.

– Ce n'est pas une mauvaise idée du tout, dit-elle. Nous prendrons aussi une brosse, car tous les longs poils de Sam sont horriblement emmêlés.

CHAPITRE 14

L'animalerie était, pour Kix, un lieu enchanteur. Emilia et lui y faisaient toujours le même parcours. Ils allaient d'abord au département des poissons. Kix voulait voir les barbus de Sumatra et les mollys noirs. Et bien sûr les néons bleus. Mais pas les poissons combattants, car ils étaient malheureux, chaque spécimen nageant tout seul dans un récipient de la taille d'un pot de confiture. Le plus souvent, Kix et Emilia se rendaient ensuite au rayon des jouets pour animaux. Ils y contemplaient les balles, les petits grelots et les souris qui font couic-couic. Kix et Emilia terminaient invariablement leur promenade par une visite aux grandes cages en verre réservées aux chatons et aux chiots. Parfois, il y avait aussi des lapins. Ça sentait très mauvais, car tous ces animaux faisaient caca dans la sciure, mais on avait malgré tout envie d'y rester longtemps.

Kix et Emilia firent leur tour habituel mais, au bout d'un quart d'heure, Maman leur dit :

– Mes chéris, allons maintenant chercher une brosse. Et peut-être Sam aimerait-il aussi avoir sa propre écuelle ?

– Oh oui ! s'exclama Kix.

Ils n'en avaient pas fini avec les chiots, mais ce n'était pas grave du tout. Emilia ne rouspéta pas non plus. Ils trouvèrent une brosse pour les longs poils, une écuelle et un délicieux os bien gras vers lequel Kix voyait déjà Sam se précipiter, un Sam agitant la queue de bonheur.

– Maman, dit Kix, j'ai hâte de rentrer à la maison. On y va tout de suite ?

Ils quittèrent immédiatement l'animalerie

mais, installés dans l'auto sur le parking, Maman se retourna vers eux depuis le siège avant et elle leur dit :

– Je voudrais que vous m'écoutiez attentivement.

– OK, Maman, répondit Emilia, tandis que Kix se taisait.

– Votre père trouve qu'il est difficile de prendre une décision au sujet de Sam. En tout cas, nous ne l'achèterons pas aux voisins, et je pense aussi qu'il ne faut pas le faire. C'était probablement une blague de leur part de demander six cents dollars. Mais, pour parler franchement, Sam appartient toujours officiellement à la famille Jones, même si Papa et moi disions qu'il peut rester chez nous.

Kix renifla. Puis il dit :

– Sam nous a choisis.

– Oui, répondit Maman, c'est vrai. Mais je veux que vous réfléchissiez à la situation telle qu'elle est pour l'instant. C'est-à-dire : si nous nous occupons de Sam à l'avenir, s'il reste dormir dans notre grange, et si nous nous mettons à l'aimer vraiment beaucoup, nous ne savons toujours pas ce qui se passera si Sam veut rentrer un jour chez lui.

– J'aime vraiment beaucoup Sam ! s'exclama Emilia. Déjà maintenant !

Maman sourit.

– Je le sais, dit-elle.

– Maman, demanda Kix, tu veux dire si Cracker le fou revenait ?

– Il s'appelle Cracker, Kix. Pas Cracker le fou.

– Cracker le fou ! cria Emilia. Cracker le fou ! Hou hou hou !

– Kix ! Emilia ! Nous n'appellerons personne ainsi, prévint-elle. Les gens qui sont malades sont malades, un point c'est tout. Qu'ils souffrent de leur jambe ou de leur tête.

– Alors, dit Kix, je l'appellerai Cracker le malade.

Emilia rit de nouveau. Mais Kix ne trouvait pas juste que Maman parle maintenant de Cracker, ni qu'elle dise que Sam voudrait le rejoindre, car Cracker avait donné des coups de pied à Sam et l'avait battu.

– Sam nous a choisis, répéta Kix. C'est ainsi, Maman. Pourquoi m'as-tu cassé le moral ?

Maman tendit le bras vers l'arrière de la voiture. Sa main frôla la joue de Kix.

– Désolée, trésor. Tu as raison : Sam nous a choisis. C'est justement pour cette raison que nous devons réfléchir à tout ça. C'est Sam qui décidera de ce qui arrivera. Les chiens de berger sont fidèles et, si Sam décide de retourner auprès de son maître, il en aura le droit. Nous prendrons soin de lui le mieux possible. Nous essaierons de lui faire oublier son chagrin. Mais ce sera son choix. Pas le nôtre.

CHAPITRE 15

Ils rentrèrent à la maison, et Kix réfléchit pendant le trajet. À Sam et aux propos de sa mère. « Ma mère est bête », pensa-t-il. Elle était bête mais elle avait raison.

Kix comprit bien entendu qu'ils ne pourraient pas garder Sam contre son gré. Sam n'avait même pas de collier. Comment Kix devrait-il l'attraper si le chien voulait rejoindre Cracker ? En passant les bras autour de lui et en se couchant sur lui ? Comme avec le mouton l'autre fois : Sam s'échapperait simplement et Kix s'affalerait sur le sol. Oui, quelle bête maman, car il se retrouvait maintenant avec ces bêtes pensées assis sur cette bête banquette arrière.

Ils arrivèrent dans leur rue. Et Kix aperçut la chose dans le lointain : une tache douce, adorable et blanche. C'était Sam, évidemment. Comment aurait-il pu en être autrement ? Il était là, leur chien fantôme sorti tout droit d'un conte de fées.

CHAPITRE 16

Mais il se passait quelque chose d'étrange.

Un autre chien blanc était couché à côté de Sam qui, lui, se tenait debout. C'était un chien plus petit, à poil court, mais qui ressemblait également à un chien fantôme sorti tout droit d'un conte de fées.

Kix se demanda s'il y en avait encore d'autres. Sam était-il le chef de toute une bande de chiens blancs ?

Non, il rêvait. Il venait d'avoir neuf ans, et toutes ces histoires inventées ne rimaient plus à rien. Comment pouvait-il être si gamin ?

C'est alors qu'Emilia se mit soudain à hurler.

– Du sang ! Maman ! L'autre chien saigne ! L'autre chien blanc est mort !

Maman freina aussitôt et se retourna vers eux :

– Vous restez dans la voiture !

Elle sortit et ferma la porte.

Kix regarda par la fenêtre. L'autre chien blanc était toujours couché par terre, pas très loin de la prairie des chevaux. Il avait une tache rouge dans le cou. Ça ne pouvait être que du sang. C'était très grave, c'était horrible ! Kix vit alors quelque chose de beaucoup plus horrible encore : Sam aussi était couvert de sang. Autour de sa gueule. Sur son museau.

– Sam ! cria Maman.

Elle marchait en se tenant plus droite que d'habitude. Elle parlait fort et semblait fâchée.

« Sam a tué ce chien », songea Kix. Cette pensée lui traversa la tête à toute vitesse.

Puis le plus petit chien se releva.

– Sam ! cria de nouveau Maman.

Elle chassa ensuite l'intrus :

– Ouste ! fit-elle.

Kix ne comprenait plus rien à la situation, mais il ne pouvait pas rester assis dans la voiture. Il détacha sa ceinture et grimpa sur les sièges avant. Il pointa le doigt vers Emilia, en imitant le geste de sa mère quelque temps auparavant, et il lui dit :

– Toi, tu restes ici !

Et il bondit hors de la voiture.

Il courut vers Maman. Sam n'avait donc pas tué l'intrus. Celui-ci n'était pas mort.

Kix n'était pas le seul à courir. Springer le dépassa en galopant. Comment avait-elle pu se libérer ? Peut-être Papa était-il rentré ? Oui, Papa était à la maison, car son pick-up était là.

Springer fonça vers le nouveau chien. Elle voulait jouer, comme toujours. Elle prit son élan et s'élança en battant l'air joyeusement de l'une de ses pattes avant.

Kix et Maman l'appelèrent, mais elle n'écouta pas.

Emilia, qui avait sauté comme Kix hors de la voiture, l'appela aussi.

Le nouveau chien leva la tête, et Springer bondit toute contente contre lui.

– Nooooon ! crièrent Kix, Maman et Emilia. SPRINGER !!

Mais c'était trop tard !

Le nouveau chien se tenait debout, calme et surpris. Cela ne le dérangeait pas que Springer veuille le renifler partout, ou peut-être n'avait-il pas du tout compris ce qui se passait. Car il baissa la tête pour renifler Springer à son tour. C'est alors que Sam arriva.

Sam plaqua le nouveau chien au sol d'un coup de patte.

Sam grognait et aboyait, le nouveau chien

pleurait et gémissait. Sam le maintenait sur le dos fermement avec ses deux puissantes pattes avant. Sam le happait. Sam le mordait.

Et tous ceux qui se tenaient autour des chiens occupés à se battre purent le voir : Sam était un chien violent.

Kix et Emilia ne bougèrent pas. Ou peut-être que si – ils ne s'en souviendraient pas plus tard, parce qu'ils furent effrayés par les cris de leur mère.

Sam leva la tête. Il arrêta de grogner et de mordre pendant quelques secondes.

L'intrus en profita pour vite se libérer de l'emprise de Sam et pour s'enfuir la queue

entre les pattes. Vers la route. En direction du village.

Le silence se fit. Kix, Emilia et Maman formaient un demi-cercle autour de Sam. Ils avaient l'air à bout de souffle et respiraient avec gêne.

Mais Sam haletait plus fort encore. Sa langue pendait de sa gueule, des filets de bave étaient accrochés à ses mâchoires. Il les regardait à travers les poils recouvrant ses yeux, il était de nouveau timide et adorable, peut-être l'autre Sam n'avait-il jamais existé.

Emilia éclata en sanglots.

Kix voulut aussi pleurer, mais il semblait toujours paralysé. De plus, une vérité s'imposa à lui : Sam venait de se transformer sous ses yeux en un autre chien.

Un chien qui attaquait.

Un chien qui voulait être le chef.

Un moche chien.

CHAPITRE 17

Maman consola Emilia.

Comprenant qu'on ne le caresserait pas, Sam se dirigea en traînant les pattes vers les chevaux. Springer avait vu quelques pigeons qui devaient être chassés de l'arbre.

Kix ne comprenait toujours pas ce qui s'était passé au juste. Tout en marchant derrière Maman et Emilia, il savait que plus rien ne serait comme avant. Sam n'était plus ce chien fantôme sorti tout droit d'un conte de fées, triste et malheureux. Et ils ne pourraient plus jamais aller chercher de belles brosses et de délicieux os pour lui. Ils devraient même les rapporter au magasin, car Sam pouvait aussi se comporter comme un monstre. Une bête sanguinaire, voilà ce qu'il était.

Maman prépara de la limonade rouge pour Emilia dans la cuisine. Sa voix était redevenue calme. Elle parla du comportement des chiens, mais Kix ne voulut pas écouter.

Il entra dans le living.

Papa était là, couché sur le divan. Il venait juste de se réveiller d'une petite sieste.

– Ohohoh… Je crois que je me suis assoupi. Est-ce que j'ai manqué quelque chose ?

À cet instant, Kix sut qu'il allait tout dire : à quel point Sam avait été féroce et que Papa devrait donc le chasser.

Le chasser.

Pour toujours.

CHAPITRE 18

Juste quand Maman voulut raconter à Papa toute l'histoire du comportement de Sam, la famille entendit un pick-up dans l'allée. C'était Grand-père !

Quelques instants plus tard, ils étaient tous assis autour de la table de la cuisine. Emilia et Kix avec leur limonade ; Maman, Grand-père et Papa avec leur cannette de bière. Kix ne put bien entendu pas s'empêcher de parler.

Papa et Grand-père écoutèrent ce qui était arrivé avec Sam et le chien inconnu, et Kix regardait attentivement le visage de Papa. Oui, Papa allait dire d'un moment à l'autre que c'était terminé. Qu'il n'avait de toute façon jamais voulu avoir un troisième chien. Qu'il allait se rendre chez les voisins et que ceux-ci rapporteraient Sam à Cracker le fou. C'était peut-être d'ailleurs ce qu'il fallait faire, car Sam était lui aussi devenu un peu fou comme son maître.

Mais ce qui se produisit fut tout à fait différent.

Grand-père se mit à rire.

Il tapa dans le dos de Papa de sa grosse main ouverte :

– Bravo, mon gars ! dit-il. Tu possèdes un chien de garde !

Kix laissa tomber son gobelet. Il regarda Grand-père en ouvrant de grands yeux. Sam, un chien de garde ? Sam avait donc fait ce qu'il fallait ?

Grand-père rit de nouveau. Puis ce fut au tour de Papa.

– Eh bien, dit-il, ce n'est pas faux.

Et Maman, qu'en pensait-elle ? Kix tourna les yeux vers elle.

– Je suis sûre d'une chose, répondit-elle à Papa, si tu dois encore t'absenter plusieurs jours pour ton travail, nous nous sentirons plus en sécurité la nuit.

– Eh bien, fit de nouveau Papa, ce n'est pas faux.

Kix réfléchissait encore et encore. Ce quatrième chien était peut-être un intrus ? Peut-être avait-il mérité d'être mordu ?

– Vous avez de la chance avec Sam, dit tout à coup Grand-père en s'adressant à Kix et à Emilia. C'était un chien de berger, pas vrai ? Et il surveillait un troupeau, pas vrai ? C'est ainsi que votre père doit donc voir les choses : Sam a trouvé un nouveau troupeau. Et ce troupeau, c'est vous, les chevaux, Holly et Springer. Et vous pouvez être certains qu'il veillera sur vous.

CHAPITRE 19

Kix connaissait au moins une vingtaine de trucs pour retarder le moment d'aller se coucher. Emilia ne s'en sortait pas mal non plus. Gémir, inventer des excuses, demander qu'on leur lise un dernier chapitre de leurs livres préférés. Un de la série du petit cochon qui voulait devenir pompier ou un des aventures du Capitaine Caleçon. Mais ce soir, Emilia s'endormit tout de suite, Kix l'entendait ronfler – oui, oui, ronfler. Elle ronflait comme le font les filles, tout doucement, et ses ronflements traversaient le mur qui séparait sa chambre de celle de son frère qui, lui, n'arrêtait pas de bâiller.

Pendant le repas et le dessert, et puis aussi en regardant la télévision, Kix n'avait fait que penser à Sam. Il avait même voulu aller le voir encore quelques instants, mais Maman ne l'y avait pas autorisé. Elle avait déclaré que Sam était couché tout au bout de la prairie, auprès de Jill, Study et Patriot. Puis elle lui avait dit d'aller se coucher, et Kix n'avait pas rouspété.

Il ne pleurnicha pas et s'endormit très vite.

Mais, au milieu de la nuit, un étrange bruit perçant le réveilla.

Kix se demanda d'abord où il était avant de réaliser qu'il était bien sûr dans son lit.

Le bruit ressemblait à une plainte. Mais d'où provenait-il ? Et qui gémissait ainsi ?

Kix se redressa et resta le plus silencieux possible. Il reconnut alors les pleurs de Sam. On aurait dit des hurlements de loup. Parfois, le calme revenait pendant quelques secondes, puis les hurlements pleins de tristesse reprenaient.

Kix repoussa sa couette. Il posa les pieds sur le tapis et rajusta sa veste de pyjama.

Il marcha vers la porte de sa chambre.

Pourquoi Sam pleurait-il ? À moins que ce ne soient pas des pleurs, mais bien des cris ?

Kix devait le rejoindre. Il ne s'inquiéta pas de savoir s'il pouvait ou pas. Il ouvrit la porte et remonta le couloir. « Sam, pensait-il, Sam. » Emilia était-elle réveillée ? Non, Kix l'entendait toujours ronfler doucement.

Son chien pleura de nouveau, une longue plainte, et Kix choisit de laisser dormir sa sœur. « Sam, pensait-il, Sam ! » Il courut vers l'arrière-cuisine, puis vers le garage – il s'aperçut que Holly et Springer étaient réveillées, mais il était pressé. Il enfila ses bottes et ouvrit la porte qui donnait sur la propriété.

Il ne faisait pas froid du tout. En revanche,

tout était noir. Une petite lampe brillait près des chevaux, c'était la seule lumière, et à côté se trouvait la vieille grange de Sam. Kix se précipita dans l'allée, il passa le long des vieilles planches et du tas de sable que Papa avait laissé traîner dehors.

– Sam ? dit Kix.

Sam ne pleurait plus, ailleurs aussi le silence régnait. Springer et Holly étaient peut-être retournées dormir.

– Sam ?

Kix s'approcha de l'entrée de la grange. Il resta un moment sur place pour que ses yeux s'habituent à l'obscurité. Là, au fond, une montagne blanche était allongée. Sur leur ancien canapé.

La montagne blanche leva la tête.

– Sam ? murmura Kix.

Soudain, Maman surgit.

Elle posa ses mains sur l'épaule de Kix et l'attira contre lui.

– Hé, fit-elle, ça ne se fait pas, de sortir pendant la nuit.

– Sam pleurait, dit Kix.

– Je sais, répondit Maman, je l'ai entendu. Et pourquoi, d'après toi ?

– J'ai pensé qu'il était triste. Qu'il voulait dire quelque chose.

– Kix…

Un bruit sourd résonna au fond de la grange. Suivi du frôlement de pas glissant sur le sol. La montagne blanche approchait en se dandinant. C'était Sam, bien entendu. Il voulait qu'on le caresse, même au beau milieu de la nuit.

– Deux minutes, pas plus, Kix, dit Maman, puis nous rentrerons.

Kix s'agenouilla et tendit la main. Sam vint frotter son pelage contre la main de Kix, comme s'il voulait lui indiquer où il voulait être caressé.

– Kix, dit Maman, tandis que les mains du garçon couraient d'avant en arrière sur le corps doux et blanc de Sam, quand les chiens pleurent, ça ne veut pas dire qu'ils sont tristes. Ils pleurent parce qu'ils entendent un son dont ils ne supportent pas la tonalité. Alors ils réagissent à leur tour. Sam a simplement entendu le bruit des trains qui passent derrière notre champ. Ils klaxonnent pendant la nuit afin que personne ne traverse la voie ferrée. Ils font ça pour prévenir de leur passage. Nous n'entendons plus ce bruit parce que nous y sommes habitués. Ce qui n'est pas encore le cas de Sam. C'est pourquoi il pleure.

– Oh, fit Kix.

Il continuait de cajoler Sam, qui n'était pas encore lassé de ses caresses. Il restait des traces de sang autour de la gueule du chien, mais elles n'étaient plus aussi rouges.

– Viens, mon chéri, dit Maman. Tout va bien. On rentre.

– Hum, fit Kix.

Il finit par arrêter de câliner Sam. Le bruit

des trains. Pour prévenir de leur passage. Les klaxons. Hum. Maman avait peut-être raison.

Tout en rentrant, Maman répéta qu'il ne pourrait plus sortir la nuit. Qu'elle comprenait très bien pour cette fois après tout ce qui s'était passé pendant la journée. Mais qu'il devait promettre de ne plus jamais le faire.

Kix promit. De toute façon, il avait de nouveau suffisamment sommeil pour aller se coucher. Mais, en même temps, il était certain que Sam avait pleuré pour une autre raison. Ce n'était pas à cause des trains. Sam avait pleuré parce qu'il avait des regrets. Kix l'avait vu dans ses yeux en le caressant : Je suis désolé, Kix, disaient les yeux. Désolé de t'avoir fait tellement peur aujourd'hui.

CHAPITRE 20

Sam trouva d'abord la brosse étrange. Mais comme Kix et Emilia utilisaient cet objet pour le peigner tout en lui disant des mots doux, Sam estima sans doute que ça ressemblait à des caresses et que c'était agréable. Et donc, il se tenait debout afin que Kix et Emilia puissent le brosser facilement de haut en bas.

Emilia chantait, Kix riait, et Sam poussait de temps en temps un soupir venu du plus profond de son corps.

Après trois coups de brosse, celle-ci était déjà couverte de poils. Kix retirait les touffes blanches et les lançait dans l'allée. Elles s'envolaient et, au bout d'une petite heure, on aurait pu croire qu'il avait neigé.

Maman vint voir et dit :

– En réalité, ces chiens doivent être brossés deux fois par semaine.

– Comment le sais-tu ? demanda Kix.

– Je l'ai lu sur Internet, répondit Maman. Sam est un chien de berger. Et les chiens de berger vivent à l'extérieur. Ils supportent très bien le froid et la chaleur. Mais il faut les débarrasser de temps en temps de leurs poils morts.

– Regardez ! s'exclama Emilia. Sam dit que c'est vrai, il fait oui de la tête.

Sam hochait en effet la tête.

– C'est le hasard, dit Kix.

Mais ce n'était bien sûr pas le cas. Kix comprit très bien ce que Sam voulait dire : Continue de brosser, petit maître. Et tu pourras aussi le faire plus souvent que deux fois par semaine.

CHAPITRE 21

Sam ne pouvait pas se passer de caresses. Kix l'avait compris. Dès qu'il le pouvait, le garçon se glissait dans la grange ouverte à la recherche de Sam. Pour lui dire un petit bonjour et le chatouiller entre les yeux. Ou en dessous de l'oreille gauche. C'était l'endroit préféré de Sam. Si on le caressait convenablement, sa patte arrière commençait à trembler en même temps.

Kix versait toujours quelques croquettes dans l'écuelle de Sam. D'après Maman, il ne fallait le nourrir qu'une seule fois par jour, mais on pouvait sentir combien Sam était mince sous sa fourrure, par conséquent un petit supplément de nourriture n'était pas du tout de trop.

Soit dit en passant, Sam mangeait les croquettes, mais il ne trouvait pas ça si important. Quand on donnait à manger à Holly et à Springer, elles repoussaient vos mains et vos jambes pour atteindre le plus vite possible leur écuelle. Sam, en revanche, patientait toujours jusqu'au départ de Kix avant de commencer à manger. Jusqu'à ce que Kix ne se retourne plus. Il voulait d'abord s'assurer qu'on ne le caresserait plus.

Papa aussi s'en était rendu compte.

– Sam, avait-il même dit, est le seul chien au monde qui préfère les caresses aux croquettes.

Quelques jours plus tard, Kix et Maman découvrirent une autre habitude étrange de Sam. Il patrouillait. C'est ainsi que Maman appelait ça. Il montait la garde. Plusieurs fois par jour, la famille le voyait faire le tour de la propriété. Il se rendait vers l'extrémité de la prairie aux chevaux, ensuite il passait devant l'écurie, la vieille grange, le garage, la maison, et terminait sa ronde en longeant le jardin de Maman et le champ de maïs de Papa. Puis, enfin, il apparaissait près du chemin à l'entrée du domaine. Là, il reniflait l'air pendant un moment et, si tout était en ordre, il regagnait tranquillement son coin près des planches, ou il se dirigeait vers le champ, ou vers quelqu'un prêt à le caresser.

Sam patrouillait, c'était donc le mot. Sam surveillait les environs. Sam était un soldat.

Mais il semblait particulièrement heureux quand Maman allait se promener à cheval.

Elle avait autrefois participé à des courses avec Patriot. Elle montait à cheval plusieurs fois par semaine, le plus souvent en fin d'après-midi. Parfois, elle partait seule, parfois Kix l'accompagnait sur le dos de Study, car celle-ci ne démontait jamais son cavalier et elle imitait toujours Patriot.

Quand Sam voyait Maman prendre la selle accrochée au mur de l'écurie, il commençait à tourner en rond sur la paille. Il allait et venait en se faufilant entre les jambes des chevaux. Et lorsque Maman et Patriot remontaient le chemin, il trottait avec eux. Quelles que soient la destination et la durée de la promenade, Sam marchait à leurs côtés. Il les surveillait en agitant joyeusement la queue dans le vent.

– Chéri, dit un soir Maman à Papa, si un jour quelque chose tourne mal pendant la promenade, si par exemple Patriot se tord la jambe et m'envoie dans un fossé, Sam viendra te chercher. J'en suis certaine.

CHAPITRE 22

Les semaines passèrent et tout le monde était habitué à Sam. Il aboyait pour avertir quand des inconnus s'aventuraient sur la propriété, mais il ne mordait plus et il n'était plus question de sang. Il se retirait dès qu'il voyait que Maman ou Papa ou Kix ou Emilia venait à la rencontre des visiteurs.

Grand-père avait dit vrai. La famille avait désormais un chien de garde. Mais seulement lorsque c'était nécessaire.

Parfois, Kix entendait encore Sam aboyer ou pleurer pendant la nuit. Il le faisait, en effet, quand le train klaxonnait avant d'entrer dans le virage.

Sam avait deviné pourquoi Kix aimait tellement Grand-père. D'ailleurs, le chien l'aimait aussi beaucoup. Sam ne s'approchait toujours pas des grandes personnes, surtout si elles se tenaient debout et restaient dans cette position. Mais, dans le même temps, quand Grand-père et Papa buvaient une bière, installés sur la pelouse, Sam se faufilait en silence derrière leur siège. Surtout derrière celui de Grand-père. Et lorsque Grand-père prononçait ses paroles habituelles : « Quel magnifique animal ! », Sam glissait sa tête sous la main de Grand-père.

– Quel magnifique animal ! répétait alors Grand-père, mais en s'adressant à Papa, cette fois. Tu as bien de la chance.

Et Papa grommelait quelques mots en guise de réponse.

Mais il riait aussi. Kix l'avait observé à plusieurs reprises.

Sam était Sam. Et tout le monde trouvait ça super.

CHAPITRE 23

C'est alors qu'arriva l'histoire de Springer.

Par une chaude après-midi, Papa alla contrôler son nouveau champ. Il se situait derrière la prairie des chevaux et Papa l'avait acheté pour y construire plus tard une maison pour Grand-père et Grand-mère. Mais il fallait d'abord y faire pousser de l'herbe, dont Papa pourrait faire du foin. Pour les chevaux.

Springer adorait ce champ. Elle le traversait en galopant de gauche à droite et de droite à gauche. Elle chassait les lapins et les oiseaux et, quand il n'y en avait pas, elle chassait tout simplement l'air.

Parfois, Sam s'asseyait en bordure du

champ pour regarder Springer. Mais cette après-midi-là, il décida d'aller courir avec elle. Maman avait conduit Emilia à sa leçon de natation, et Kix observait avec Papa la petite tache brune galopant à toute vitesse dans le lointain (c'était Springer), suivie par une tache blanche moins rapide (c'était Sam).

– Regarde-moi ces deux-là, dit Papa.

– Oui, répondit Kix, Sam ne s'en sort pas mal à la course. Il n'est pas si vieux que ça.

– À mon avis, il doit avoir une dizaine d'années, dit Papa. Oh, regarde, ils ont dégotté des corneilles.

Tagada tagada tagada, faisait Springer, zou, zou, zou, faisait Sam. Ils pourchassaient une nuée d'oiseaux furieux. Papa et Kix entendaient encore à peine leurs joyeux aboiements, tellement les deux chiens se trouvaient loin.

– Il ne faut pas qu'ils remontent le chemin, dit Papa.

Mais justement, c'est ce qu'ils firent.

Papa siffla fort avec ses doigts. Il entraînait Springer à obéir, et le plus souvent siffler était efficace. Springer s'élançait alors en courant vers Papa. En faisant un détour, bien sûr, car Springer était incapable de courir en ligne droite. Mais, à l'instant, Springer n'écoutait rien. Elle avait déjà presque disparu.

Sam revint en sautillant vers Kix et Papa. Il s'affala devant eux, gueule contre terre, en prenant un air honteux.

– Ce n'est rien, Sam, dit Kix, personne ne peut suivre Springer. Et puis, tu n'es plus tout jeune.

– Viens, dit Papa, nous allons prendre la voiture. Springer aura certainement suivi quelques cyclistes.

Ils laissèrent Sam près des chevaux, et ils montèrent dans le pick-up. Ils contournèrent le champ par la gauche, et revinrent par la droite. Papa et Kix scrutèrent les environs, mais ils ne virent Springer nulle part.

– Peut-être est-elle rentrée toute seule à la maison à travers les champs, finit par dire Papa.

Ils n'étaient toutefois pas vraiment inquiets. Il y avait peu de trafic par ici, juste à la sortie du village, et les fermiers ne roulaient pas très vite. Mais avant qu'ils n'obliquent vers l'allée menant chez eux, un homme furieux surgit sur la route. Il gesticulait dans leur direction et criait :

– Hé ! Qu'est-ce que c'est que ce chien ? Qu'est-ce qu'il fait chez moi ?

Le ton n'était pas amical et l'homme non plus ne semblait pas l'être. C'était le voisin d'en face, monsieur Jones, qui criait ainsi.

CHAPITRE 24

Papa s'arrêta au milieu de la route. Il bondit hors de la voiture et dit :

– Voisin !

– C'est à cause de votre sale bête ! hurla monsieur Jones.

– Du calme, Buck, dit Papa.

C'était manifestement le prénom du voisin d'en face. Assis dans la voiture, Kix observait les gestes furieux et agités de l'homme qui avait eu un serpent comme animal domestique. Un boa constricteur. Kix s'en souvenait très bien.

– Me calmer ? cria monsieur Jones. C'est votre sale bête de chien qui devrait se calmer !

Les poules courent de tous les côtés. J'étais en train de mettre une couche de carbolinéum quand ce monstre est venu tourner autour de moi, le carbolinéum s'est renversé sur mon pantalon, ça pue à des kilomètres à la ronde, et tu vas me payer un nouveau pot, hein ?

– OK, fit Papa, bien sûr. Je dois encore en avoir. Maintenant dis-moi où est Springer. Est-ce que tu l'as gardée ?

– Non ! Et je ne veux pas d'un vieux pot, j'en veux un nouveau, et tu me rembourseras aussi mon pantalon. Et garde dorénavant cette sale bête chez toi !

« Ouille, pensa Kix. Papa n'aime pas ça, les injures. » « Ouille, songea-t-il encore, Papa va se fâcher. » Et Kix avait raison. Il vit Springer surgir à toute allure de derrière la grange du voisin et foncer vers la maison. Mais il vit aussi Papa se redresser et dire :

– Buck ! Est-ce que j'ai bien entendu ? C'est toi qui oses me dire que je dois garder mon chien chez moi ? Es tu vraiment sérieux ? Tu as vite fait d'oublier ce dont nous avons déjà parlé plusieurs fois ! Je te rappelle que c'est ton chien qui vit sur ma propriété depuis des semaines, près de mes chevaux et de mes enfants ! Que c'est moi qui le nourris, alors qu'il est à toi ! Oui, à toi !

« Non, Papa, pensa Kix, ne dis pas ça, sinon le voisin voudra… Sinon le voisin dira… » Kix avait de nouveau raison. Car c'est ce que fit le voisin. Il s'approcha encore de Papa. Il appuya son doigt contre la poitrine de Papa et déclara :

– Tu ne peux pas mieux dire. C'est un chien de race. D'une valeur de six cents dollars. Tu n'as donc pas le droit de le garder comme tu essaies de le faire depuis des semaines.

– Quoi ? s'exclama Papa en écartant le doigt du voisin. Je n'essaie rien du tout ! Et je paierai encore moins ! C'est toi qui le laisses partir ! Et tu ne fais rien pour le récupérer !

– Ah non ? fit le voisin.

Kix vit qu'il hésitait.

– Non, dit Papa.

Tout à coup, le voisin donna l'impression de ne plus être en colère. De ne plus savoir comme s'y prendre pour crier et menacer.

– Ah, mon bonhomme, dit-il, c'est parfait. Je viendrai chercher Nanook. Si tu fais en sorte que je puisse mettre une couche de carbolinéum sur mes planches.

Kix frissonna. Venir rechercher Nanook ? Nanook, c'était Sam. Et Sam était à lui et à Emilia. Papa s'en souvenait quand même ?

Kix entendit son père ajouter :

– OK, Buck. On fait comme ça.

Et il tendit la main.

Et le voisin la serra.

CHAPITRE 25

Kix était bien sûr furieux. Contre son père. Et contre le voisin.

– Kixounet, lui dit Papa, crois-tu vraiment que le voisin voudra récupérer Sam ? Si c'était le cas, il l'aurait déjà fait depuis longtemps. Il a dit ça comme ça. On lui apportera un pot de son fameux produit, on attachera Springer, et rien ne changera.

Kix s'était laissé rassurer. Papa se trompait rarement. Il avait une bonne connaissance des gens.

– Jones est un vieux grincheux, Kix. Ces personnes-là ne peuvent pas s'empêcher de ronchonner.

Et pourtant ! Dès le lendemain de l'escapade de Springer, monsieur et madame Jones surgirent devant la grange sans porte de Sam. Kix n'assista pas à la scène, et Emilia non plus, car ils étaient allés jouer chez leurs grands-parents. Ils ne l'apprirent que lorsqu'ils furent rentrés à la maison. Maman raconta comment les voisins avaient tenté leur chance à plusieurs reprises.

– Nanook ! avaient-ils appelé. Nanoooook !

Sam avait bien levé la tête, furtivement, mais il n'avait pas du tout fait ce qu'ils lui disaient. Ils avaient essayé de l'attirer avec des os et avec des balles et même avec Springer, dont ils avaient loué les services pour quelques instants. Sam les avait alors suivis avant de regagner tranquillement la maison au bout de quelques minutes. Sa maison. Celle de Kix, d'Emilia, de Maman et de tous les autres.

Papa avait donc raison. Rien n'avait changé.

Le cœur de Kix s'était mis à battre la chamade quand il avait appris qu'on était vraiment venu chercher Sam. Toutefois, il était encore là. Sam voulait toujours qu'on le caresse et sa queue s'agitait toujours plus haut et toujours plus joyeusement. Surtout quand Sam apercevait Kix.

Puis arriva cette fameuse soirée.

Cette horrible soirée.

Cette soirée où Maman avait lu trois chapitres du *Capitaine Caleçon*. Comme toujours, elle leur avait ensuite donné un baiser et fait un câlin avant de les quitter. Kix avait alors soudain entendu un bruit à l'extérieur. Il avait bondi hors de son lit et avait couru jusqu'à la fenêtre de la cuisine. Papa était dehors, et Maman aussi, des lumières brillaient et des aboiements retentissaient.

Kix ne comprit pas bien ce qui se passait. Maman rentra dans la maison. Une de ses mains était proche de ses yeux.

– Qu'est-ce qu'il y a, Maman ? demanda Kix.

Sa mère se mit à pleurer. Elle ne le faisait presque jamais. Kix s'avança vers elle. Il avait la tête qui tournait. Avant même de l'entendre, Kix savait que quelque chose de grave s'était produit.

– Il est parti, Kix, dit Maman. Cette fois, ils l'ont vraiment emmené. Notre Sam.

CHAPITRE 26

Quand Kix était fâché, vraiment fâché, il avait mal à la tête. Maman comparait la tête de Kix à une cocotte-minute : ça sifflait et ça bouillonnait à l'intérieur, ses pensées s'enflammaient. Son front aussi était brûlant.

Le plus souvent, Kix se réfugiait dans sa chambre pour taper dans un de ses coussins. Ce n'était pas grave, car les coussins pouvaient supporter cette épreuve et ils se montraient compréhensifs. Au bout de quelque temps, Kix retrouvait son calme et sa tête.

Mais, ce soir, Kix éprouva une sensation nouvelle. Pas de cocotte-minute bouillante dans la tête, non, seulement une impression de froid. Un bloc de glace, peut-être. Un bloc gelé dans son ventre.

Papa était rentré et Kix arrivait à peine à le regarder.

Kix se tenait debout au milieu de la pièce.

Papa s'avança vers lui et s'accroupit.

Il saisit son fils avec ses deux mains, mais celui-ci se libéra.

– Kix, dit Papa.

Il essaya encore de toucher le garçon, qui le repoussa une seconde fois.

– Kixounet, dit Papa, ne te fais pas de souci. Ils ont pensé que ce serait plus facile d'attraper Sam le soir. D'accord, ils le garderont une nuit. Mais demain Sam traversera de nouveau la route en sautillant.

« En sautillant, pensa Kix. Sam ne sautille pas. Sam ne sautille jamais. » Papa n'utilisait pas le mot exact. Il ne connaissait donc pas Sam. Et comment pouvait-il être certain que Sam reviendrait ?

Kix éprouva une sensation désagréable. Ça avait quelque chose à voir avec la glace à l'intérieur de lui, mais surtout avec quelque chose qu'il comprit tout à coup : Papa disait n'importe quoi.

Papa espérait peut-être que Sam reviendrait, mais il ne pouvait pas en être sûr. Cette fois, Papa n'avait pas raison. Cette fois, Papa n'avait même rien à dire, les voisins feraient ce qu'ils voudraient.

Papa disait n'importe quoi.

À lui, Kix, son fils. Or il s'agissait de Sam, qui avait de doux yeux et de douces pensées et à qui Kix – ni personne d'autre d'ailleurs – ne donnerait jamais de coups de pied. Sauf les voisins, bien entendu. Peut-être le feraient-ils déjà cette nuit. Ces voisins avaient un fils cinglé et, si on a un fils cinglé, c'est qu'on n'est pas soi-même tout à fait normal.

Comment Papa pouvait-il…

… cela se produisit tout à coup. Toute cette glace dure et froide monta dans les coudes de Kix. Le garçon repoussa Papa de toutes ses forces.

Comme celui-ci était accroupi, il tomba.

Il se retrouva allongé par terre. Kix prit peur, mais c'était vraiment ce qu'il avait voulu faire.

– Kix ! s'écria Maman.

Kix lui jeta un coup d'œil. Ses yeux étaient toujours rouges. Non, Maman ne pleurait pas facilement. Elle savait aussi que Sam était maintenant…

… c'est alors que Papa attrapa Kix. Il le souleva, le jeta sur son épaule et tous deux arrivèrent devant la porte de la chambre de Kix en moins de temps qu'il n'en faut pour l'écrire.

– Jason ! hurla Maman à Papa, qui avait déjà lancé Kix sur le lit moelleux.

– ET MAINTENANT, ÇA SUFFIT ! cria Papa.

Sa voix sonna claire et nette.

– Tu fermes les yeux, tu dors, et tu fais confiance à ton père ! poursuivit-il.

Puis il s'éloigna à grands pas. Il actionna l'interrupteur à côté de la porte pour éteindre la lumière. Mais comme celle-ci n'était pas allumée, c'est le contraire qui se produisit. Il l'actionna encore une fois, et le noir revint.

– Si je dis que tout s'arrangera… ajouta-t-il en s'adressant à la nuit et à Kix, mais il ne termina pas sa phrase.

À la place, il fit demi-tour, claqua la porte derrière lui et s'en alla.

Un lourd silence s'installa, bientôt interrompu par des pleurs en provenance de la chambre d'Emilia.

Celle-ci avait pris peur. Mais Kix n'entendait plus rien, car il avait attrapé son coussin, l'avait pressé contre sa bouche et hurlait. Il cria fort et longtemps, déversant dans son oreiller une colère froide.

CHAPITRE 27

Kix se réveilla au beau milieu de la nuit avec un mal de tête.

Tout le monde était couché. Le living était silencieux.

Après l'explosion de colère de Papa, Kix avait beaucoup crié. Il avait aussi pleuré, Maman était venue le voir, mais il n'avait pas voulu lui parler. Il avait encore un peu pleuré, puis il était probablement tombé endormi.

Maintenant, il faisait nuit, à l'intérieur comme à l'extérieur.

Kix avait peut-être mal à la tête à cause de ses pleurs. Ou de sa propre colère.

Autrefois, lorsque quelqu'un était fâché,

Kix se réfugiait toujours sous le canapé. La colère semblait un peu moins forte quand il se trouvait là. Les mots terribles continuaient de retentir, mais ils passaient au-dessus de sa tête. Lorsque l'atmosphère redevenait légère, il sortait de son abri.

Il était désormais trop grand pour se glisser sous le canapé. De toute façon, il ne voulait plus le faire, il ne voulait plus se cacher.

Pourtant, il détestait toujours quand quelqu'un se mettait en colère. Mais il s'agissait de Sam et, cette fois, la situation était grave. Kix en était sûr.

Il secoua la tête. Peut-être en était-il tellement sûr parce qu'il aimait Sam plus que les autres. Plus que Maman, plus qu'Emilia aussi. Non ?

Kix secoua de nouveau la tête.

Soudain, il entendit le train.

Tutuuuut. Il klaxonnait pour prévenir qu'il arrivait au passage à niveau, comme toujours pendant la nuit.

Tutuuuut. Tutuuuut.

Juste après, un autre cri déchira la nuit. Kix reconnut Sam.

Puis la plainte diminua. Elle provenait de l'autre côté de la rue. Elle était emplie de tristesse et de détresse.

Le mal de tête de Kix disparut. Il s'évapora sur-le-champ.

Peut-être parce que Kix eut tout à coup une autre certitude : il savait que Papa ne se lèverait pas. Son père croyait en effet que tout allait s'arranger. Kix savait aussi que Maman non plus ne se lèverait pas, car elle croyait ce que Papa croyait. Personne ne se lèverait, parce que personne n'entendait ni ne ressentait ce que Kix entendait et ressentait.

Kix n'avait donc pas le choix.

Il devait se lever.

Il devait traverser la nuit pour aller rejoindre Sam.

CHAPITRE 28

Kix enfila ses chaussettes, puis ses pantoufles. La dernière fois que Kix était sorti dans la nuit, Maman l'avait entendu. Elle l'avait suivi, car il avait fait trop de bruit.

Cela ne se reproduirait pas cette fois.

Kix trouva par terre une veste de survêtement qui le protégerait du froid. Il faisait tout lentement, et il prêtait attention à deux choses : ne pas faire lui-même trop de bruit, et détecter le moindre mouvement dans le reste de la maison.

Holly et Springer étaient couchées dans leur panier. La fois précédente, Kix les avait réveillées, et c'était certainement ce qui avait réveillé Maman. Kix ne devait donc plus sortir par le garage, mais par la porte d'entrée.

Il se décida à quitter sa chambre.

Il se faufila dans le couloir et passa devant la porte de la chambre d'Emilia.

Devait-il la réveiller ?

Sam était aussi son chien, bien sûr. Et peut-être l'aimait-elle malgré tout autant que lui. C'est elle qui avait trouvé son nom. Et ils avaient découvert Sam ensemble.

Kix posa la main sur la clenche de la porte. Il l'actionna doucement, puis il s'arrêta. Emilia était sa petite sœur, lui son grand frère. Et s'il arrivait quelque chose d'horrible à Sam ? Et si quelque chose tournait mal pour le chien ? Si Sam…

… non, Kix devait agir seul.

Il avait froid. Mais il continua à traverser la maison sur la pointe des pieds. Il parcourut le living sans faire de bruit. Il avait toujours froid.

Puis il franchit la porte d'entrée.

Longea les fleurs de Maman.
Emprunta l'allée de gravier.

CHAPITRE 29

Kix s'arrêta au bord de la route, mais ce n'était pas nécessaire. Qui pourrait bien passer ici au beau milieu de la nuit ? Personne. Kix était absolument seul.

Il jeta un dernier coup d'œil derrière lui. Vers la maison.

Papa, Maman, Emilia, Holly, Springer : tous dormaient. Les chevaux se trouvaient plus loin dans la prairie, peut-être étaient-ils réveillés, peut-être pas.

De l'autre côté de la route, il y avait Sam.

– Sam, chuchota Kix, d'une voix à peine audible.

Il traversa la route et regarda l'allée

menant chez monsieur et madame Jones. Il ne fallait pas qu'ils se réveillent. Seul Sam devait se réveiller. Kix allait partir à sa recherche et l'emmener. Cela ne devrait durer que quelques minutes.

Kix était content d'avoir ses pantoufles aux pieds, plutôt que ses bottes en caoutchouc. Ou celles de cow-boy. Les semelles souples de ses pantoufles étaient silencieuses sur l'allée de gravier.

Kix ne savait pas où chercher, et il n'osait pas appeler Sam. Il se remit en route. Il avait deux ou trois minutes devant lui, c'était tout. Entre-temps, comme ses yeux s'étaient habitués à l'obscurité, la nuit lui semblait moins noire.

D'un côté de l'allée de gravier se trouvait la maison des voisins, et, de l'autre, la grange. Kix se dirigea vers elle. Il savait que certaines maisons avaient des lampes qui s'allumaient subitement quand on passait devant. Ces lampes se trouvaient bien sûr au-dessus de la porte d'entrée. Ou de celle de la cuisine. Il devait donc éviter ces endroits.

Quand il avait quitté sa chambre, quelques instants auparavant, il n'avait pas du tout réfléchi à la façon dont il s'y prendrait pour trouver Sam. Une ancienne image lui revint devant les yeux : celle de Sam prisonnier dans un terrarium en verre. C'était bien sûr absurde. Comment avait-il pu imaginer une chose pareille ? À l'époque, il croyait encore que les chiens pouvaient sortir des contes de fées. Mais, maintenant, le garçon se déplaçait à pas de loup dans la propriété des gens qui avaient enlevé Sam et l'avaient sans doute enfermé dans une cage, à moins qu'ils ne l'aient attaché à une horrible chaîne. Il faisait nuit et il faisait doux, mais les faits étaient bien réels.

Le cœur de Kix confirmait aussi que tout ça était vrai. Il battait à tout rompre quelque part en haut de sa poitrine.

Kix se faufila plus loin, le long de la grange.

– Sam, chuchota-t-il doucement.

Mais enfin, où les voisins l'avaient-ils caché ?

– Sam… Sam… Sam… dit Kix dans un souffle.

Deux, trois minutes, c'était le temps dont il disposait. Peut-être quatre.

Kix se retrouva au bout de la grange. Il n'avait rien entendu bouger à l'intérieur du bâtiment. Peut-être devrait-il retourner vers la porte et tenter de l'ouvrir ? Mais non, qu'il était bête ! Il avait entendu Sam pleurer juste avant. Le chien n'aurait donc jamais pu se trouver à l'intérieur.

Trois, quatre minutes. Ou cinq.

Derrière la grange s'étendait une pelouse. On aurait dit un gros carré sombre. Elle était large, vert foncé et entourée de buissons noirs. Rien n'y traînait par terre. Pas de corde à sauter, comme chez Kix, ni de jeu de quilles, ni de trottinette.

– Sam ? dit Kix. Sam ?

C'est alors qu'il vit une chose blanche se redresser au bout de la pelouse. Une chose blanche qui respirait bruyamment.

Kix se précipita vers elle. De plus près, il la reconnut. C'était Sam. Derrière un grillage. Il était enfermé dans un vieil enclos à poules. Il essayait de se mettre debout et de s'étirer, mais il n'y réussissait pas, car la cage était trop basse.

– Sam ! Sam ! Sam ! dit Kix.

Ça lui était désormais égal qu'on l'entende. Il était venu ici pour délivrer Sam, ça lui prendrait encore deux minutes. Ou même une seule.

Kix fit glisser ses doigts sur le grillage. Il cherchait l'entrée. Il ne la trouva pas sur le devant de l'enclos. Où était-elle ? À gauche ? Non. À droite ? Oui, à droite. Il tira pour l'ouvrir, mais elle était fermée par un verrou en bois. Kix le fit glisser.

– Sam ! Sam ! Sam !

Sam le regardait. Il se tenait dressé, le dos contre le dessus de l'enclos, et il attendait.

– Viens, Sam ! dit Kix.

Le garçon comprit tout d'un coup ce qu'il devait faire : libérer l'entrée. Puis ouvrir la porte et aller s'accroupir un peu plus loin.

C'est ce que Kix fit. Il s'accroupit à environ cinq mètres de la cage et tendit la main.

Sam s'extirpa lentement hors de l'enclos, presque en rampant. Quand il fut tout à fait libre, il s'ébroua. Il baissa ensuite la tête, s'avança d'un pas paisible et se dirigea droit vers Kix. Puis il glissa et frotta sa tête contre les doigts du garçon.

Trois minutes, deux minutes, une minute – Kix s'était promis de quitter cet endroit le plus vite possible, une fois Sam retrouvé. Mais impossible de résister au plaisir de caresser la blanche et douce fourrure de Sam. Ses doigts couraient à travers toute cette masse chaude de poils, sous le menton de Sam et autour de ses oreilles. Le chien n'en avait jamais assez, et le garçon non plus.

Kix enfouissait son nez dans la fourrure de Sam et le chien aimait ça.

Kix passait les bras autour du cou de Sam et le chien aimait ça aussi.

– Sammy, chuchota Kix, la bouche à deux centimètres des oreilles de Sam, tu rentres avec moi à la maison, c'est là chez toi, non ?

Soudain, Kix se raidit.

Il avait aperçu, quelques mètres plus loin, une petite lumière rouge qui s'allumait puis s'éteignait.

Il lui fallut plusieurs secondes avant de comprendre qu'il s'agissait d'une cigarette.

Quelqu'un était en train de fumer.

Kix ne bougeait toujours pas, et Sam regardait l'homme à son tour, car c'était un homme.

Le garçon ne le connaissait pas. L'homme

était moins vieux que monsieur Jones, mais il lui ressemblait.

Kix s'en rendit compte quand la petite lumière brilla de nouveau dans la nuit.

Et l'homme avait un fusil.

Cela ne faisait aucun doute.

L'homme portait un fusil en bandoulière.

Grâce à Sam, Kix comprit soudain qui était cette personne armée qui les regardait. Car Sam commença à remuer la queue. Très lentement, très docilement. Sam connaissait cet homme.

Ça ne pouvait donc être que lui : Cracker le fou.

Kix attrapa des crampes. Il fut obligé de se relever. Il dut aussi libérer Sam. Le chien s'écarta de quelques pas, comme toujours lorsque quelqu'un à proximité de lui se redressait.

Kix sentit tout à coup à quel point il avait froid aux mains. Ses pieds aussi étaient gelés.

Il s'en rendit compte de la même façon. Subitement. C'était à cause des pantoufles, qui étaient beaucoup trop fines. Oui, Kix se sentait frigorifié. Tout son corps était figé et frigorifié.

Mais le pire, c'était que Sam, à côté de lui, continuait de balancer la queue très lentement.

Sans oublier le fusil.

CHAPITRE 30

Cracker, l'homme, se tenait là.

Il fumait.

Kix aussi se tenait là. Il ne pouvait rien faire d'autre que d'attendre la suite des événements.

Cracker tirait sur la cigarette, qui envoyait des signaux rouges. L'homme retenait la fumée dans son corps pendant quelques secondes puis il la recrachait. Un jet de fumée sortait alors tout droit devant lui avant de se dissiper dans la nuit.

Quand la cigarette ne fut plus qu'un mégot, Cracker prononça deux mots :

– Un enfant.

Il avait une voix étrange. Comme s'il n'était pas habitué à l'utiliser. Il y avait, dans sa voix, une fêlure, quelque chose de cassé.

– Monsieur Cracker, dit Kix.

Il ne savait pas quoi ajouter.

– Ah, fit l'homme.

Il tritura ses doigts et expédia son mégot de cigarette. Celui-ci s'envola en dessinant une courbe et atterrit plus loin sur la pelouse.

– Tu sais qui je suis, dit alors Cracker, et mon chien est avec toi.

Kix ne répondit pas. Il ne savait toujours pas quoi dire. Kix continuait de regarder le fusil, il n'arrivait pas à le quitter des yeux.

– Ah, dit l'homme, je ne vais pas te descendre, promis.

Il se passa alors quelque chose d'embêtant. Kix avait envie de faire pipi depuis quelque temps et le besoin était devenu trop pressant.

Il s'était retenu et retenu, mais il sentait maintenant quelque chose de chaud en haut de ses jambes. Une tache humide se répandait lentement sur son pantalon de pyjama. Kix trouvait ça tellement stupide de sa part que ça le mit en colère. Il en voulait aussi au froid et à la nuit.

Il retrouva tout à coup l'usage de la parole.

– Je… dit-il… je suis fâché.

Cracker se mit à rire. C'était un rire désagréable.

– Fâché, dit-il, toi ? À mon avis, il est grand temps que tu retournes dans ton lit.

– Et toi… Tu devrais être dans une prison plutôt que dans un hôpital !

Cracker rit de nouveau, mais très brièvement cette fois.

– Eh bien, dit-il, tu oses.

Il écarta son fusil et sortit quelque chose de sa poche. Un briquet. Et un paquet de cigarettes.

Il le secoua et attrapa une nouvelle cigarette. Il l'alluma, rangea le paquet dans la poche de sa veste, et tira une bouffée. Puis il recommença seulement à parler. De la fumée s'échappait de sa bouche tandis qu'il demandait à Kix :

– Et pourquoi, d'après toi, devrais-je aller en prison ?

Sam se tenait toujours à côté de Kix. De temps en temps, il regardait les buissons, puis il tournait de nouveau la tête vers Kix ou vers Cracker. Sa queue ne bougeait plus.

Kix sentit que la tache humide entre ses jambes commençait à refroidir. Mais il était encore fâché.

– À cause de toi, tes moutons et tes chevaux sont morts, tout le monde le dit, il n'y avait peut-être pas de grues pour les emporter, ce qui n'est pas certain, mais qu'est-ce que Sam t'a fait ? Pourquoi l'as-tu... ?

Kix ne réussit pas à finir sa phrase,

quelque chose avait surgi dans sa gorge pour l'en empêcher.

Il respira profondément.

– On dit que tu as fait ça parce que tu…

Parce que tu es devenu fou – pour la deuxième fois, Kix ne termina pas sa phrase. Il s'appelle Cracker. Pas Cracker le fou, avait dit Maman. Maman qui dormait toujours et qui ne savait rien.

– Vas-y, dis-le, grogna Cracker. Parce que je suis devenu fou. Dingue. Siphonné. Tout le monde le dit et c'est tout à fait vrai.

Cracker resta où il était. Il désigna Kix d'un geste de la main. En agitant sa cigarette. Le petit point rouge brillait maintenant à quelques pas de Kix.

– Et toi, qu'en penses-tu ? aboya-t-il. Si toute l'affaire que tu avais montée à la sueur de ton front capotait d'un seul coup et qu'on venait frapper à ta porte en te montrant des papiers auxquels tu ne comprends rien, alors que tu voudrais juste être dehors avec tes bêtes, que crois-tu que tu ferais, stupide gamin en pantoufles ? Si tout ce que tu avais construit s'effondrait, comment réagirais-tu ?

Kix avait envie de pleurer. Très envie de pleurer. Mais les larmes ne venaient pas.

– Je ne sais pas, dit-il. Mais qu'est-ce que Sam t'a fait ? Pourquoi veux-tu le…

– SAM, QUI EST SAM ? IL NE S'APPELLE PAS SAM ! hurla Cracker, tandis que Kix regardait de nouveau le fusil.

Il ferait peut-être mieux de s'enfuir, Cracker risquait de tirer. Mais Cracker reprit sa respiration et continua de parler. Sa voix était redevenue normale.

– Ne prends pas cet air, dit Cracker. Je ne vais pas tirer, je te l'ai dit. Du moins, pas sur toi. Je ne suis pas…

Il se mit à rire.

– Hahaha, fit-il. Je voulais dire : je ne suis pas fou… C'est mon premier week-end de liberté et ils m'attendent demain à la clinique. Hahaha, la clinique pour les fous…

Kix comprit qu'il ne pouvait pas s'enfuir. Ce serait dangereux pour Sam. Car le garçon avait bien entendu les paroles de Cracker. Je ne vais pas tirer, du moins pas sur toi.

– Sam… marmonna Cracker. Ce n'est peut-être pas un nom si stupide. Il a une attestation, un certificat, des documents officiels sur lesquels il est écrit Nanook. Mais je l'appelais toujours le Chien. Simplement. Et il obéissait. C'est une bête fidèle. Une bonne bête. Pas besoin de lui expliquer les choses. Il comprenait tout seul. Mais c'est aussi un chien particulier, soit dit en passant. Mais bon… il faut que je reparte à zéro.

Kix ne comprenait que la moitié de ce que Cracker racontait. Mais, cette petite phrase, il l'avait bien entendue : « Je ne vais pas tirer, du moins pas sur toi. »

Parler, voilà ce qu'il devait faire. Continuer de parler. Aussi longtemps que Cracker parlerait, il n'utiliserait pas son fusil.

– Repartir à zéro ? demanda alors Kix.

– Oui, gamin. Si la vie ne t'offre pas une nouvelle chance, tu es obligé de la provoquer toi-même. Mais qu'est-ce que tu connais à tout ça ? Et pourquoi est-ce que je discute avec toi ? Qu'est-ce que tu fais ici ? Rentre chez toi, retourne dans ton lit, et enfile un pantalon sec.

– Que voulez-vous dire par « repartir à zéro » ?

– Tu parles de ce que tu ne connais pas, gamin.

– Redémarrer une nouvelle ferme ?

– Ah !

Cracker jeta son deuxième mégot de cigarette dans l'herbe. Kix le vit se consumer puis s'éteindre. Parler, pensa Kix, continuer de parler.

– C'est possible ? demanda Kix.

– Ah ! fit de nouveau Cracker. Je pense plutôt à arrêter. Fini l'argent, fini les bêtes, tout détruire, déménager. D'abord remettre les compteurs à zéro, et puis, un jour, peut-être…

Il détourna la tête et n'acheva pas sa phrase.

Puis il regarda de nouveau Kix et lui dit doucement, très doucement :

– Je ne veux pas rêver. Tu comprends ? C'est à cause de mes rêves que tout est allé de travers. Maintenant, je veux être dur. Laisser mon passé derrière moi. Remettre les compteurs à zéro. C'est pour ça que j'étais dehors ici, cette nuit. C'est pour ça que je voulais que Nanook soit ici. Enfin, Sam. Laisser mon passé derrière moi, creuser une fosse et puis…

Cette fois, Kix comprit pour de bon. Il avait déjà compris tout à l'heure, mais maintenant il en était certain, plus que certain. Toute sa tête se mit à picoter, comme si on enfonçait des aiguilles dans son cerveau et dans ses cheveux. Il regarda Sam. Il voulait l'attraper et l'enlacer, le protéger, se placer devant lui et faire écran de son corps, à cause de ce que Cracker avait dit en parlant de laisser son passé derrière lui, de creuser une fosse et puis… Il n'y avait pas de doute, Cracker voulait abattre Sam.

Le tuer.

Remettre les compteurs à zéro.

CHAPITRE 31

Sam avait encore agité la queue en voyant Cracker. Il reconnaissait son maître. Il avait oublié qu'il avait été maltraité. Sam n'osait pas s'approcher des personnes qui se tenaient debout, mais il en avait oublié la raison. Sam aimait toujours Cracker.

Et Cracker avait un fusil. Chargé de balles. Il suffisait d'un coup de feu dans la nuit, la fosse était déjà prête. C'est ce que Cracker avait dit.

La tête de Kix était remplie de picotements.

– N… non. Non, monsieur Cracker, s'il

vous plaît. Sam a déjà oublié les moutons. Il a maintenant un nouveau troupeau, je veux parler de nous. Et il a Jill, Study et Patriot. Ce sont ses nouveaux chevaux. Sam est venu vers nous de lui-même, car il ne veut pas remettre les compteurs à zéro. Il n'a plus peur qu'on le caresse, ça peut même durer toute la journée, et il joue avec Springer, il mène vraiment une nouvelle vie, il ne s'appelle plus Nanook, un chien ne peut pas vivre avec tous ces souvenirs dans la tête, monsieur Cracker, il en aura d'autres dorénavant, il veut être gentil avec tout le monde, pas avec les intrus, bien sûr, parce que c'est un chien de garde, mais il vit maintenant chez nous, c'est lui qui nous a choisis, et… et…

… et il ne veut pas mourir. C'est ce que Kix voulait dire. Tout en parlant, il s'était rapproché de Cracker. Il ne comprenait pas lui-même comment il osait faire ça, mais il le faisait.

Et Cracker écoutait.

Cracker avait l'air plus normal. Plus amical. Quelque chose dans son visage était en train de changer. Il entendait ce que Kix lui disait, et Kix pensa pendant un court instant que ça allait marcher. Kix s'apprêtait à dire que Sam ne voulait pas mourir, et Cracker aurait été d'accord avec lui.

Mais Kix ne réussit pas à le dire.

Car quelqu'un surgit soudain à leurs côtés, sur la pelouse.

Kix tourna la tête et Cracker l'imita.

C'était Papa.

Et il avait aussi un fusil.

CHAPITRE 32

Papa tenait fermement son fusil. Il se précipita vers Kix sans quitter Cracker des yeux. Il passa un bras autour de Kix, le poussa à demi dans son dos, il voulait que Kix se cache derrière lui comme s'il avait cinq ans, l'âge d'Emilia. « Papa, voulut dire Kix, Papa, que fais-tu ? » Mais il se tut, car il n'était plus un enfant. Il avait failli réussir à emmener Sam. Il l'avait vu sur le visage de l'homme. Cracker avait presque compris Kix !

Cracker avait retrouvé le même air que quelques minutes auparavant. Un air sombre. Confus.

Kix ignorait que Papa possédait une arme. Mais son père se tenait là, le fusil bien calé entre ses mains.

Cracker avait à son tour repositionné son arme devant lui.

Il regarda Papa et rit de son rire de Cracker le fou.

– Ah ! Le voisin, je suppose !

– Laissez mon fils tranquille, dit Papa. Laissez-le partir.

– Ah ! fit Cracker.

– Papa… commença à dire Kix, car Papa ne comprenait pas ce qui s'était passé.

Cracker continua de rire.

– Voisin, dit-il, si nous fumions une cigarette ?

Il en chercha une.

Kix alla se placer à côté de son père.

– Papa, essaya-t-il de dire une nouvelle fois, mais son père le repoussa derrière lui.

Sam avait assisté à toute la scène d'un peu

plus loin, en spectateur. Il se tenait à moitié retourné, afin de pouvoir s'enfuir s'il le fallait. Il écoutait et regardait, mais il donnait l'impression d'être arrivé là par hasard en se promenant. Il semblait peut-être un peu nerveux, mais aussi curieux de découvrir la suite des événements.

– Nous ne fumerons rien du tout ! répondit Papa.

Il avait toujours l'air fâché, et ce n'était pas très malin de sa part. « Ne fais rien, Papa, pensa Kix, j'avais presque réussi... »

– Du calme, mon gars, dit Cracker, du calme... C'est ce gamin qui est venu pour le chien...

« Oui, songea Kix, c'est de Sam qu'il s'agit ! »

Mais Papa ne se calmait pas. Il respirait vite et fort, comme un bœuf. Il chercha Kix avec sa main, et holà ! Kix sentit à quel point elle tremblait.

Et quand Papa recommença à parler, sa

voix était soudain deux fois plus fâchée et deux fois plus forte.

– JE LE RÉPÈTE UNE DERNIÈRE FOIS, dit Papa, laisse partir mon fils ! Je paierai ce qu'il faut ! Vous aviez dit six cents dollars, c'est ça ? L'argent sera demain sur ton compte ! Ou si tu veux, je l'apporterai moi-même !

C'est alors que les choses se gâtèrent pour de bon. Cracker jeta la cigarette qu'il venait juste de prendre sans même l'avoir allumée. Il jeta aussi le briquet derrière lui et saisit son fusil à deux mains. Il le serrait si fort qu'on avait l'impression qu'il allait tirer d'un moment à l'autre.

– DE L'ARGENT ? hurla-t-il. COMME S'IL S'AGISSAIT D'ARGENT, BON SANG ! TU T'IMAGINES QUE C'EST POUR ÇA QUE JE SUIS ICI AVEC TON FILS QUI A FAIT DANS SON PANTALON ALORS QUE, BON SANG, JE NE FERAIS JAMAIS DE MAL À UN ENFANT !

Il fit glisser la lanière de son fusil de son

épaule et dirigea le canon vers le sol. Entre lui et Papa.

Sam n'aimait pas les cris. Il recula d'un pas et disparut en s'enfonçant dans l'obscurité gris-vert.

– Cracker… dit Papa.

Et il empoigna à son tour son fusil à deux mains. Comme s'il allait lui aussi tirer d'un moment à l'autre.

– TU ES UN COUILLON, TU LE SAIS ? hurla Cracker. Je voulais repartir à zéro, ici ! J'écoutais ton fils et puis tu débarques avec tes six cents dollars. Pour qui me prends-tu ? Un salopard comme on en rencontre à la banque ? Quelqu'un que tu peux acheter ? Il n'est pas question de ça ici, espèce de crétin ! BON SANG DE BONSOIR, SIX CENTS DOLLARS !

– Papa ! s'écria Kix. Papa !

Le garçon avait très peur – peur que les deux hommes se mettent à tirer et qu'il y ait du sang partout, oui, partout !

Soudain, une autre voix se mêla à leurs cris.

– Sam ! Sam ! Sam ! Sam !

La voix était jeune, aiguë et suppliante.

– Sam ! Sam !

C'était Emilia. Suivie de Maman, qui courait derrière elle en criant :

– Emilia ! Kix ! Emilia ! Jason ! Kix !

Kix ne comprenait rien. Comment sa sœur se retrouvait-elle ici ? Et Maman ? Quant à Cracker, il ne savait plus où regarder. En plus

de toutes ces nouvelles têtes, surgit une chienne brun foncé rapide comme l'éclair. Springer courait de tous les côtés à la fois. Puis elle se dirigea vers Sam, qui se trouvait sur la pelouse vert foncé, elle était soudain capable de courir droit devant elle. Sans oublier la vieille Holly qui arrivait, tout essoufflée !

Cracker souleva son fusil et regarda de gauche à droite. Ses yeux étaient hallucinés.

– Je n'ai pas pu la retenir, dit Maman, et

Kix ne savait pas si elle parlait d'Emilia, de Springer ou même de Holly.

Puis Maman vit le fusil de Cracker. Elle se tut aussitôt. Elle attrapa Emilia et l'attira vers elle, la prit dans ses bras.

– Sam… dit Emilia, qui vit à son tour les deux fusils et les deux hommes.

Entre-temps, Papa avait levé son arme à la même hauteur que celle de Cracker. Les fusils étaient pointés l'un vers l'autre. Ce n'était pas une bonne chose. Ce n'était pas du tout une bonne chose.

– Cracker… dit Papa. Cracker…

Ils se tenaient face à face, tout et tout le monde se taisait. Seuls Sam, Springer et Holly faisaient du bruit. Ils batifolaient.

Cracker regardait tous ces gens autour de lui d'un air furieux et menaçant.

Tout à coup, une porte s'ouvrit derrière lui.

– Cracker ? entendit-on.

Cracker s'écria :

– Papa, reste où tu es !

– Cracker ! cria de nouveau monsieur Jones. J'ai tout entendu. C'est moi qui ai parlé de cet argent ! C'est moi qui ai proposé six cents dollars ! Ne fais pas de folies, mon garçon !

– FOLIIIIIIIIES ! hurla Cracker.

Ça se gâtait.

– FOLIIIIIIIIES !

Kix le vit. Kix sentit que ça se gâtait. Il le sentait dans son ventre, dans ses pieds, dans sa tête. La nuit et tout, autour de lui, le lui faisaient sentir. Cracker redevenait Cracker le fou. Kix devait agir. Trouver les mots qui permettraient de remonter le temps, de retourner quelques minutes auparavant. Lorsque le visage de Cracker était encore doux. Lorsque Kix avait compris ce que Cracker avait voulu dire. C'est pourquoi il inspira profondément. C'est aussi pourquoi il fit un petit pas de côté, quittant sa cachette derrière son père, et s'écria :

– C'est Sam le maître ! Papa ! Cracker ! ARRÊTEZ CAR C'EST SAM LE MAÎTRE !

CHAPITRE 33

– Kix… commença à dire Papa.

Cracker regardait Kix. Il avait l'air étrange et sauvage.

– Quoi !? fit-il.

Cela ne ressemblait pas à une question. Pourtant, c'en était une.

Kix inspira une nouvelle fois profondément. Sa gorge lui faisait mal, peut-être était-ce de nouveau la pierre qu'il sentait à cet endroit, ou alors était-ce son cœur qui était remonté jusque-là.

– C'est Sam le maître, dit Kix. C'est Maman elle-même qui l'a dit. Alors Sam doit décider. Il en est capable. Il sait ce qu'il veut.

Rangez les fusils puis laissons Sam décider tout seul.

Cracker cligna des yeux.

Kix fit encore quelques pas de côté, puis quelques pas vers l'avant.

– KIX ! dit Papa.

– KIX ! hurla Maman à son tour.

Mais Kix fit ce qu'il devait faire. Et il répéta encore une fois :

– Cracker et Papa, laissons Sam décider. Il en est capable. Il sait ce qu'il veut. C'est lui le maître.

Kix disait cela parce que c'était pour lui une évidence. Ce n'était pas une histoire d'humains. C'était Sam qui devait choisir. C'était grave et difficile, car Sam choisirait peut-être Cracker. Il n'avait pas remué la queue pour rien tout à l'heure. Kix ne l'avait pas oublié. Si Sam choisissait Cracker, Kix en tomberait malade de chagrin. Il resterait dans son lit pendant six mois, et Emilia aussi. Tous deux pleureraient toutes les larmes de leur corps. Leur ventre les ferait souffrir et leur cœur refuserait de continuer à battre, mais ils accepteraient la décision de Sam. Ce n'était pas une histoire d'humains. Kix en était certain, et il était certain qu'Emilia aussi en était certaine. S'ils devaient perdre Sam, ce serait parce qu'il devait en être ainsi. Pas parce que les grandes personnes se disputaient pour l'avoir. Ni parce que les grandes personnes avaient des fusils. S'ils devaient perdre Sam, ce serait uniquement parce que Sam aurait choisi de retourner à son ancienne vie. De retrouver son ancien maître, Cracker.

Kix s'avança, ramassa le briquet jeté dans l'herbe, ainsi que la cigarette.

Il marcha vers Cracker et tendit les mains. Exactement comme il devait le faire lorsqu'il voulait caresser Sam. Il tendit ses mains ouvertes avec la cigarette et le briquet dedans. Il resta debout et patienta. Exactement comme il le faisait avec Sam.

Cracker regarda les mains de Kix.

Papa baissa son fusil. Kix s'en aperçut du coin de l'œil.

Cracker imita Papa. Il baissa son fusil et le remit en bandoulière.

Personne ne parlait.

Kix était toujours debout avec ses bras tendus et ses mains ouvertes.

Non, personne ne parlait, ni Papa, ni Maman, ni Emilia, ni monsieur Jones. Les chiens jouaient toujours plus loin dans l'obscurité.

Cela dura et dura, mais finalement Cracker planta ses yeux dans ceux de Kix.

Il tendit une main et prit d'abord le briquet puis la cigarette.

Kix abaissa les bras.

Il les passa autour de lui, car il faisait froid.

Mais il resta sur place.

Cracker enfonça la cigarette dans sa bouche. Il la protégea avec la paume de sa main et fit claquer le briquet en inclinant légèrement la tête. À la lueur de la petite flamme qui brûlait derrière les doigts de Cracker, Kix reconnut le visage qu'il avait vu quelques minutes plus tôt.

Ce n'était pas le visage de Cracker le fou. Non, c'était celui de quelqu'un qui avait perdu ses moutons et ses chevaux et qui essayait d'imaginer comment repartir de zéro.

Il allait dire « oui ». Kix en était certain.

Oui, Sam pourrait choisir.

Sam avait presque tout son nouveau troupeau autour de lui : Kix, Emilia, Maman, Papa, Holly, Springer. Il ne manquait que les chevaux.

Mais Cracker aussi était là. Son maître. Le maître des moutons de Sam.

C'était grave et difficile, mais Sam aurait le droit de choisir. Et il pourrait le faire. Tout le monde était là.

Cracker dirait « oui ». Kix mourait de froid, mais il n'avait pas le choix.

Cracker rejeta la fumée qui se transforma en un nuage.

Il toussa.

Il essuya quelque chose au coin de sa bouche.

Il regarda Kix et dit :

– Non.

CHAPITRE 34

Cracker avait dit « non ».

Kix était abattu. Le vent de la nuit soufflait sur les endroits humides de son pantalon. Peut-être devrait-il se retourner, peut-être devrait-il laisser Papa tirer, peut-être fallait-il désormais en rester là.

Il avait cru qu'il comprenait Cracker. Et il avait cru que Cracker le comprenait, lui Kix. Mais il n'était donc toujours qu'un gamin. Peut-être avait-il de nouveau rêvé.

– Non, répéta Cracker. Non, on ne fera pas ça. Le chien n'a pas besoin de choisir. Il a déjà choisi.

Quoi ? Kix leva la tête. Il chercha des yeux le visage de Cracker. Que voulait-il dire par là ?

Cracker se tourna directement vers lui, vers Kix.

– Je suis son maître. J'étais son maître. Et un bon maître ne laisse pas son chien de berger décider.

Kix comprenait presque ce qu'il voulait dire. Mais pas encore tout à fait.

– Non, dit Cracker.

La fêlure dans sa voix semblait s'être agrandie.

– La seule préoccupation d'un chien de berger, c'est de surveiller son troupeau, poursuivit Cracker. Tu avais raison, gamin. Tout à l'heure. Et aussi maintenant. Tu fais partie de son troupeau. Vous êtes son troupeau. Emmenez-le avec vous.

Cracker fit ensuite demi-tour. Il se dirigea vers son père. Vers sa maison.

Kix n'avait pas bougé. Ni Papa, ni Maman,

ni Emilia. Ils se tenaient debout tous les quatre. Sans bouger. Car ils ne savaient pas s'ils avaient bien compris ce qui s'était passé.

Cracker se retourna, afin de s'adresser encore une fois à Kix.

– Qu'est-ce que tu attends ? cria-t-il. J'ai pourtant été clair : ce chien a déjà choisi. Ce chien n'est plus à moi depuis longtemps. Allez, fiche le camp ! Et, pour l'amour du ciel, change de vêtements. Tu commences à puer.

CHAPITRE 35

Ce n'est qu'une fois rentré à la maison que Kix se mit à trembler. Sans plus pouvoir s'arrêter.

Cracker s'était encore retourné à deux reprises et était passé devant monsieur Jones, son père, avant de rentrer chez lui. Maman s'était précipitée vers Kix. Elle s'était agenouillée devant lui et l'avait pris dans ses bras. Papa avait suivi Cracker et Emilia avait appelé Sam.

– Sam ! avait-elle crié. Springer ! Holly ! Springer ! Holly ! Sam ! On rentre à la maison !

Ils étaient venus, tous les trois. Comme s'ils faisaient partie de la même bande : un chien qui appartenait à Maman, un chien qui appartenait à Papa, un chien qui appartenait à Kix et à Emilia.

Et c'était la vérité, ils faisaient maintenant partie de la même bande. Kix le savait. Il en avait eu la confirmation en voyant Sam faire demi-tour et s'avancer vers eux. Springer avait sautillé derrière Papa – qui voulait peut-être encore parler avec monsieur Jones. Et Holly avait marché d'un pas peu assuré vers Emilia. Quant à Sam, il s'était dirigé vers Kix.

Non, il était passé devant Kix et avait poursuivi en direction de leur maison. Mais il avait veillé à toucher la main de Kix au passage. Kix avait senti la fourrure blanche entre ses doigts. Elle était pareille à de la neige, mais chaude. Une fourrure de conte de fées, mais réelle. C'est seulement après que Kix eut senti les poils glisser entre ses doigts et qu'il eut acquis la certitude que Sam resterait avec eux qu'un froid glacial l'avait envahi. Tout son corps s'était raidi, refusant de bouger. Maman avait dû le soulever, comme s'il avait cinq ans, ou quatre, comme s'il était plus jeune qu'Emilia.

– Maman ! avait dit Kix en pleurant à l'oreille de sa mère. Sam a failli…

Il n'avait pas fini sa phrase, car Maman avait prononcé des paroles et des petites phrases apaisantes, et elle avait ajouté qu'elle

serait fière de lui pour toujours. Kix n'avait entendu que la moitié des propos de sa mère, parce que les derniers mots qu'il aurait voulu dire lui-même s'étaient mis à cogner de plus en plus fort dans sa tête : Sam. Avait. Failli. Mourir.

On aurait dit qu'il l'avait compris seulement à cet instant. Ils avaient traversé leur propriété et emprunté l'allée en gravier. Sam s'était glissé sous la clôture de la prairie aux chevaux. Peut-être avait-il voulu raconter à Jill, Study et Patriot ce qui s'était passé.

– Laissons-le tranquille, avait dit Maman, c'est son endroit à lui. C'est là qu'il veut être.

Puis ils avaient retrouvé la maison, et avec elle la lumière. Dès qu'ils eurent franchi la porte d'entrée, Kix s'était mis à grelotter et à s'abandonner. Ses dents claquaient, ses mains tremblaient, et heureusement que Maman le portait toujours dans ses bras, sinon il serait tombé sur le sol comme une chiffe molle : ses genoux ne le soutenaient plus.

Emilia le regarda avec de grands yeux. Peut-être fut-elle effrayée par les tremblements de son frère. Peut-être pensa-t-elle qu'il était devenu fou.

CHAPITRE 36

Maman prépara du chocolat chaud et Kix prit un bain afin de se laver et de se réchauffer.

Au bout de quelques minutes dans l'eau, il arrêta de trembler.

Il était propre, il avait chaud, mais il était toujours fatigué.

Cependant, il ne voulait pas aller se coucher.

Il n'y avait plus aucune raison de rester debout, car Papa était revenu de chez les voisins. Il entra dans la salle de bains, s'agenouilla devant la baignoire et attira simplement Kix vers lui.

Tandis que Kix s'appuyait contre la chemise de son père – elle était trempée, mais ça n'avait aucune importance –, il entendit celui-ci lui dire :

– Mon garçon, mon garçon… Je ne ferai plus jamais ça. Je te le promets. Ta petite sœur s'est réveillée et a découvert que tu étais parti. Elle a deviné où tu étais et elle est venue nous trouver. J'ai aussitôt foncé sans réfléchir. J'ai failli tout gâcher. Mais toi, mon garçon, tu as tout compris et tout sauvé…

– Peueuh… marmonnait Kix, la bouche collée contre la poitrine de son père.

Sa bouche était un peu de travers, et les gémissements sonnaient bizarrement.

– Peueuh, jeu neu saveu peu queu teu aveus eu feusil de chasseu…

– Oh, mon petit, dit Papa, et il pressa encore plus fort son fils contre lui.

– Preuh, fit Kix.

– Désolé, dit Papa, je t'écrase.

Il relâcha son étreinte, et Kix dit :

– Oui, mais ce n'est rien. Est-ce que je peux avoir encore un peu d'eau chaude ?

– Bien sûr, dit Papa.

Il tourna le robinet. Kix sentit le courant d'eau délicieusement chaud couler près de son pied.

– Tu iras te coucher tout de suite après, hein ? dit Papa.

Il se leva. Kix fit oui de la tête.

– Super, dit Papa, Maman va arriver.

Lorsque Papa atteignit la porte, il se retourna.

– Kixie, dit-il, tu es toujours fâché ?

Kix vit les genoux mouillés de Papa. Fâché ? pensa-t-il. J'étais fâché ? Ah oui, tout à l'heure, quand je criais dans mon oreiller. Il ne s'en souvenait déjà presque plus.

– C'était il y a trop longtemps, dit Kix, j'ai oublié.

Papa rit, puis tous les deux entendirent à travers le mur de la salle de bains Maman qui était occupée à mettre Emilia au lit. La fillette réclamait une histoire en gémissant.

– Moi aussi, je veux une histoire, dit Kix. Celle du cochon qui aime les tartines grillées. Elle est super et Maman ne voulait la raconter que demain. Mais on est déjà presque demain, non ?

Papa rit de nouveau, il se tenait toujours près de la porte.

– Je vais transmettre la demande, dit-il.

– OK, fit Kix.

Il n'avait plus froid. Il voulait seulement poser encore une question. Au sujet de Cracker.

– Est-ce que ça ira de nouveau mieux pour lui un jour ? demanda Kix.

Cette fois-ci, Papa le comprit. C'était super. Papa le comprit tout de suite et complètement !

– J'irai le voir demain, dit-il. Je te le promets. Cracker doit retourner à l'hôpital, mais j'irai lui parler avant qu'il ne parte. La guérison prendra peut-être un peu de temps, mais au bout du compte ça ira certainement bien. Oui, certainement.

Super. Kix acquiesça.

Puis il dit :

– Tu demandes à Maman ? Elle peut aussi lire deux chapitres du *Capitaine Caleçon*. Non, trois.

CHAPITRE 37

Un peu plus tard, Kix était dans son lit en train d'écouter la voix de Maman. Deux phrases. Peut-être trois. C'est tout ce qu'il entendit. Car il tomba endormi.

Il dormit d'un sommeil profond, long et imperturbable.

Il ne se réveilla qu'une seule fois. Juste quelques instants. Il faisait toujours nuit.

Kix scruta l'obscurité autour de lui. Les autocollants représentant des étoiles brillaient au-dessus de sa tête. Au pied de son lit se trouvaient ses pantoufles. Et sur la table de nuit étaient posés les livres qu'il aimait.

Était-ce le bruit d'un train que Kix entendait ? Il n'en était pas certain. Peut-être était-il toujours en train de rêver ?

C'est alors qu'il entendit gémir.

C'étaient des pleurs. Évidemment. Des pleurs de chien.

Sam, pensa Kix, tout content. C'est notre Sam. Cracker avait eu raison. Et lui aussi avait eu raison. Sam avait choisi. Il les avait choisis. Il avait choisi de vivre ici.

Mais Kix avait aussi eu tort. Sam n'était pas un chien triste. Sam avait recommencé une nouvelle vie depuis longtemps. Il était reparti de zéro. Est-ce que ces pleurs étaient tristes ?

Non. Si on écoutait attentivement, ce n'étaient peut-être pas des pleurs. Si on écoutait attentivement, c'étaient – oui, peut-être ? « Si on écoutait attentivement, pensa Kix, c'étaient comme des cris de joie. »

Oui, c'était ça. Sam poussait des cris de joie. Hihihi !

Cela fit rire Kix. Hihihi !

Il était certain qu'il les entendrait encore souvent. Les cris de joie de Sam. Les longs et joyeux cris de Sam.

Cette histoire n'est pas entièrement inventée.

Pendant l'été 2010, j'étais en vacances au Canada. Un chien blanc comme la neige est arrivé à la ferme de mon frère. Il n'en est plus parti, il nous avait choisis comme troupeau. Nous l'avons appelé Sam, bien que son vrai nom fût Nanook.

Nous avons peu à peu découvert son histoire. Le récit que vous venez de lire s'appuie sur tout ce que l'on nous a raconté, et sur tout ce qui s'est ensuite passé.

C'est pourquoi je voudrais remercier René van de Vendel et Karen Christie, mon frère et sa femme. Ainsi que leurs enfants : Nicolette, Anthony, Matthew et Anna. Merci aussi aux grands-pères et aux grands-mères : Dick et Rieta van de Vendel-Groot et Jamie et Marilynn Christie. Ah oui, merci aussi, bien sûr, aux chevaux et aux chiens : Sal, Bailey, Trail, Keysha et Ruka. Sans oublier Captain le chat, qui n'est pas présent dans ce livre.

Mais merci surtout à Sam, sorti tout droit d'un conte de fées.

Tout va bien pour lui, je peux l'assurer.

Edward

P.-S. : Kix lit les livres qui ont pour héros le petit cochon Mercy Watson (écrits par Kate Di Camillo et illustrés par Chris Van Dusen) ainsi que les aventures de Captain Underpants (écrits et illustrés par Dav Pilkey).

P.-S. 2 : Cracker, aussi, se porte bien.